アダムの求婚
イヴの煩悶

アダムの求婚《きゅうこん》 イヴの煩悶《はんもん》

篠崎《しのざき》一夜《ひとよ》

ILLUSTRATION：香坂《こうさか》 透《とおる》

アダムの求婚 イヴの煩悶

LYNX ROMANCE

CONTENTS

アダムの求婚
イヴの煩悶

こつん、と、固いものがぶつかる衝撃に声がもれる。

音が鳴るほどの強さでも、大きな動きでもない。だが体の内側を伝わったそれに、塔野未尋《とうのみひろ》は爪先《つまさき》を悶《もだ》えさせた。

「んぁ、あ…」

閉じていられない唇から、ぬれきった呻《うめ》きがこぼれる。声を抑えるどころか、垂れる涎《よだれ》を呑《の》み込むことさえできない。

背後から伸《の》びた逞《たくま》しい腕が、塔野の膝《ひざ》裏を胸元へと引き寄せていた。

裸に剝《む》かれた内腿を、窓から入る日差しが照らし出す。胡座《あぐら》を組んだ男に背中から抱えられ、塔野は白い尻《しり》をふるわせた。

「ぴくぴくしてるぜ」

低い声が、耳元で教える。ぞくっと鳥肌が立って、男の言葉通り自分の尻穴がひくつくのが分かった。

「もう少し深く息を吸って、力を抜いていなさい」

正面から覗《のぞ》き込んでくるもう一人の男の手が、塔野の左膝を摑《つか》む。脇《わき》から伸びた別の腕が、右の膝を横に開いた。腰の位置が下がると、より一層手前へと尻を突き出す形になってしまう。襁褓《むつき》を取り換えられる、子供みたいだ。背後から、そして正面と右手から、三対の視線が剝き出しの股座《またぐら》へと突き刺さった。

「っあァ、や、指…っ」

「ほら、ちゃんと見て未尋《みひろ》さん。全部入ってるでしょ」

嬉《うれ》しそうな声で促され、恐怖に抗《あら》がえず視線が揺れる。

「あ…」

ぬれてふるえる性器の奥、艶《つや》やかに充血した尻の穴を無骨な指が撫《な》でた。てらつく穴をくすぐられるだけでも、たえがたい。だがそれ以上に、視覚から与えられる情報に脳味噌《みそ》が煮えた。

赤く腫れた尻の穴から、丸みのある硝子《ガラス》が覗いている。つるりとなめらかな球体が、塔野の尻穴を内側から押し拡《ひろ》げているのだ。

「あ…」

ぐら、と視界が揺れて、呼吸が一層浅く早くなる。爪先を丸めた塔野を腕に抱き、男が背後からその瘦軀《そうく》を揺すった。

「おい、へばるのは早いぜ。まだたくさん、食わなきゃならねえんだからな」

耳朶《じだ》を囓《かじ》った男が、寝台からなにかを拾い上げる。

卵型をした、なめらかな硝子だ。鶏卵《けいらん》より、一回りちいさいだろうか。尻の穴に埋《うず》められたものと同じ硝子が、陽光を弾《はじ》いて冷たく光った。

「あァ、も…」

「違うか。食うんじゃねえな。孕《はら》む、だ」

ひんやりとした硝子を押しつけられ、きゅうっと尻の穴が締まった。その直腸のうねりに併《あわ》せ、つい今し方押し込まれた硝子がごろりと動く。硬質な振動が臍《へそ》下にまで響いて、塔野は痩身をくねらせた。

「あっ、あー…」

これ以上は、無理だ。

そう思うのに、背後から伸びる男の手に迷いはない。左右に回しながら卵をねじ込まれると、ごつ、と重い衝撃が下腹全体に伝わった。

「ひ、あぁ…」

甘い痺《しび》れが足の裏を舐《な》めて、開きっぱなしの唇から涎がこぼれる。

苦しい。でもそれ以上に、気持ちがいい。

三対の視線に炙《あぶ》られ、ぐにゃりと背骨ごと体が溶け落ちてしまいそうだ。

「もう限界か？　塔野君。大切な卵が下がってきてしまってるぞ」

ぷっくりと腫れた穴の縁を、正面から伸びた指が辿《たど》る。圧迫に負けこぼれようとする硝子を、節の高い指が無造作に押し戻した。

「あァ、やっ、お腹、当た…る」

「頑張って、未尋ちゃん。もっともっと、孕ませてあげるから」

うっとりと励ました男の指が、先に埋まる指を押し退け尻の穴へと深くもぐる。二人の男の指が一方はぐりぐりと卵を揺らし、もう一方は前立腺を捕らえようと前後に動いた。

「や、駄目っ、あ、抜…」

みっしりと卵を詰め込まれた圧迫感が、それを揺する指の残酷さが、腹どころか頭のなかまでを掻《か》き回す。泣き声そのものの悲鳴を上げた塔野の唇を、あたたかな口が吸った。

「泣かなくていいぜ、優等生」

声のやさしさに、ぞくりとする。あ、と呻いた痩軀を、逞しい腕があやすように揺すった。

「後でちゃんと、産ませてやる」

一つ残らず、全部。

大きな掌《てのひら》を下腹に重ねられ、甘い痛みが心臓を刺す。ひくつく穴へと硝子の卵を擦りつけられ、塔野は白い喉《のど》を反らせた。


「残念だが、今回の検査では妊娠の兆候を確認することはできなかった」

静かな声が、告げる。

午後の教室に似合いな、落ち着いた声音《こわね》だ。だが教壇に立つ男以外、広い教室には二つの人影しか落ちてはいなかった。

「落胆する必要はない、塔野君。アダムの種とは、元来そうしたものだ」

宥《なだ》める言葉とは裏腹に、教師の声から感情的な響きを読み取ることは難しい。三半規管を痺れさせるような声音は、端整ではあるがどこか抑揚に欠けていた。そうであってさえ、いやだからこそ、そこには奥歯が凍るような官能が混ざる。

神は自らの姿に似せて、人を創《つく》った。

創世記の一節には、そうある。

アダムと名づけられた最初の男は、神の形を最も正しく写し取った存在だった。男の肋骨《ろっこつ》から創られた、女も同じだ。産めよ増やせよ地に満ちよ。神が望んだ通り、彼ら一対は子供をもうけ、その子孫は地上に普《あまね》く増えた。しかしそこに至る長い長い過程のなかで、彼らは始まりとは異なる存在へと移ろってしまった。

今この地上に生きる、大多数の人間がそうだ。

彼らは形こそ神に創られた当初と変わりがないが、創造の瞬間に与えられていた眩《まばゆ》いばかりの輝きは失ってしまったのだ。それでもこの世界に生きる全ての者が、凡夫《ぼんぷ》となり果てたわけではない。

アダム。

極めて少数ではあるが、神に与えられた眩さをそのまま身に宿す者も存在した。多くの場合、彼らは創世記に準《なぞら》えアダムと呼ばれた。呼び名は、無論他にもある。

徴《しるし》を持つ者。祝福を授かりし者。だがどんな名前で呼ばれようと、彼らは常に尊敬と憧憬、そしてなにより畏怖《いふ》を込めて仰ぎ見られてきた。

突出した身体能力と、明晰《めいせき》な頭脳。際立った容姿も含め、神々しいまでの資質に恵まれた彼らは、文字通り現代においても輝かしい神そのものだった。

今、目の前に座る教師もそうだ。

怖いくらいに整った口元に笑みを載せ、軍司志狼《ぐんじしろう》が言葉を続けた。

「なにより塔野君、君は特別なイヴだ。移行期をほぼ終えたとはいえ、まだ体が安定していないことも着床しづらい理由の一つだろう」

着床。

科学か、あるいは保健体育の授業で耳にするなら、なんら感情を揺すぶられる単語ではない。だがこの瞬間鼓膜を揺らしたそれは、塔野を打ちのめすに十分なものだった。

長い睫《まつげ》が、揺れる。

精巧な磁器を思わせる、薄い瞼《まぶた》だ。微《かす》かに青みを帯びたそれは涼しげで、小作りな塔野の容貌《ようぼう》をより清潔なものに見せていた。

冷淡さばかりが目につく、怜悧な美貌とは違う。むしろ生真面目《まじめ》さこそが際立つ、やさしげな容貌だ。事実塔野ほど、真面目な生徒は少ないだろう。規律を守り、授業の進行を妨げようなど考えたこともない。それなのに、今は呑み込みがたい悲鳴が胸を叩《たた》いた。

着床なんて、あり得ない。だって僕はセトであり、男なんだ。

ほんの数週間前までの塔野なら、耐えきれず大声で叫んでいただろう。

この世界を構成する大多数の人間は、祝福を授けられたアダムではない。

一説によると、アダムが人口に占める割合は二千人に一人程度だとされている。圧倒的多数者は凡庸な人間たちで、彼らもまた創世記に準えセトと呼ばれた。アダムとイヴの間に産まれた、善良な子供の名だ。

生まれてくる我が子がアダムであればと、夢見る親は多い。だがほとんどの人間はセトとして産まれ、その人生を全うする。

塔野自身、自分がセトであることになんの疑念も抱いていなかった。それなりに裕福な家庭に生まれ、難関中の難関と呼ばれるこの名門校に入学を許された。特別な推薦がなければ候補者に名前を連ねることもできない生徒会の役員に、二年生になった今は勿論《もちろん》一年の頃から在籍してもいる。

だが全ては、セトの枠組みを外れるものではない。少なくとも、塔野自身はそう信じてきた。僕は、セトだ。その確信が揺らぐ日が来るなど、想像すらしていなかった。

「違、僕は、イヴじゃ…」

訴えようとした耳元で、笑うような息がもれる。存在感に満ちた、男っぽい呼気だ。

「いいや、お前はイヴだぜ。それも特別稀少《きしょう》な」

ぞわりと、首筋の産毛が逆立つ。

こんな残酷な声、他にない。そう思うのに、鼓膜を揺らすそれは背骨をとろかすほどに官能的だ。張りのある声音は若々しく、獰猛《どうもう》なまでの力強さに満ちている。

イヴ。

それは常に、アダムと対をなして語られる存在だ。

神に等しいアダムにも、克服しがたい問題はある。最たるものが、出生率の低さだ。

セトの男女に比べ、アダムが子供を持てる確率は格段に低い。

セトとの間に、アダムが子供をもうけること自体は可能だ。しかしその場合、産まれてくる子供がアダムであることは極めて稀《まれ》だった。

アダムの子供を妊娠し、尚且《なおか》つアダムを産める可能性を持つ者。それが、イヴだ。

平等が謳《うた》われる現代においてさえ、アダムにとってイヴを得ることは命題のように語られてきた。

愚かとしか、言いようがない。

夫婦が実子を持てるか、それがアダムであるかどうかなどどうでもいい話ではないか。それにも拘《かか》わらず、イヴを求めるアダムは後を絶たなかった。

アダムに限った話ではない。アダムが血眼《ちまなこ》になるイヴとは、いかなるものか。アダムに求められるという付加価値が、イヴに対するセトの憧《あこが》れをも駆り立てた。

偉大な芸術家たちが美神と崇めてきた通り、イヴはいずれも蠱惑《こわく》的な美貌とうつくしい声を持つとされている。人口に占める割合はアダムと同程度に低く、外見のうつくしさと稀少性、そして寝台における神秘的な伝説から、彼女たちは常に宝石や美術品そのもののように珍重されてきた。珍重、だ。

同じ稀少な存在でありながら、アダムとイヴとではその命運に天と地ほどの違いがあった。

「勿論、特別なイヴであることが、君という人間の価値を左右するなどとは思わない。だが君がイヴのなかでも、特に稀有な存在であることは事実だ。アダムに限らず、君を欲しがらない者はいない」

それは、どんな呪《のろ》いか。

男である僕が、イヴであるはずがない。

大声で主張した塔野に、あの日、目の前の教師は眉《まゆ》一筋動かすことなく告げた。

アダムの男女比が大きく男性に偏《かたよ》るのに対し、イヴはそのほとんどが女性だ。だが稀にではあるが、イヴのなかにも男性として産まれてくる者はいる。君のように。そして君の体は今まさに、女性のイヴと同じ生殖機能を備えようとしている。

ありえない。そんなこと。

叫ぼうとした塔野の首筋を、熱い息が撫でた。

「塔野くらい特異でなくとも、イヴってのは攫《さら》われたり売られたり、理不尽な扱いを受けることも珍しくねえ。加えて、移行期が終わりかけているとはいえ、お前の女王効果は強烈だ」

すん、とまるで野生の動物がそうするように、背後から首筋へと鼻面《づら》を埋められる。思わず振り返った視界に、暗緑色の双眸《そうぼう》が映った。

突き刺すような眼光の鋭さに、奥歯が鳴りそうになる。

軍司鷹臣《たかおみ》の双眸が、間近から塔野を映した。この眼光に覗き込まれれば、誰だって身が竦《すく》む。

息を呑むほど、精悍《せいかん》な顔立ちをした男だ。だが見る者の心を和ませる顔貌《がんぼう》とは言いがたい。むしろ対峙《たいじ》する者に、身動《みじろ》ぎすらできない緊張を強いるものだ。

それでも女性であれば、この男を前にすれば否応《いやおう》なく陶然となるのだろう。端整な容貌と同様に、鍛えられた鷹臣の体躯は衆目を集めてやまなかった。

驚くべきことに、鷹臣と志狼は血を分けた兄弟であるらしい。気性の差か、あるいは年齢や立場によるものか、二人の印象はまるで違う。だが確かに造形だけを問題にするなら、共通する部分は少なくなかった。

がっしりとした肩幅は広く、筋肉に覆われた胸板には十分な厚みがある。飄々《ひょうひょう》とした志狼に比べ、荒々しい空気を隠そうともしない鷹臣は事実、穏当な人物とは言いがたかった。

入学早々自分を呼び出した上級生を返り討ちにしただとか、それ以前にも大の大人を病院送りにしたらしいとか、眉を顰《ひそ》めたくなる噂《うわさ》は数限りなくある。大袈裟《おおげさ》なと一笑に付してしまえればよかったが、鷹臣という男を前にすれば尾鰭《おひれ》のついた噂だと切って捨てることはできなかった。

塔野自身、校内で煙草を咥《くわ》えた鷹臣に遭遇したことは何度もある。

言うまでもなく、鷹臣はアダムだ。それも極めて優秀なアダムであることは、公言されずとも誰の目にも明らかなことだった。そんな男に、正面切って苦言を呈する莫迦《ばか》などいない。入学当初は生意気だと憤っていた上級生たちも、最初の夏休みが始まる頃には目を合わせることさえ避けるようになっていた。教員たちですら、鷹臣の素行は見て見ぬ振りだ。

そんなことが、許されていいのか。

顔を見るたび、莫迦正直に注意を重ねる塔野を、鷹臣はさぞ煩《わずら》わしい奴《やつ》だと思っていただろう。だが未成年の喫煙など、体にいいわけがないのだ。何度訴えても耳を貸さないどころか、これ見よがしに煙草を咥えてみせる鷹臣は、塔野にとって天敵も同然の存在だった。

そんな男の息遣いが、ぞろりと首筋を舐める。

「退《ど》け…」

「女王蜂《ばち》と同じだ。程度の差こそあれ、アダムだろうとセトだろうと雄はみんなお前の影響を受ける。女王効果がなかったとしても、お前が側《そば》にいりゃあ誰だって勃起《ぼっき》しちまうだろうがな」

鷹臣の声音は、低く掠《かす》れている。汚い言葉を咎《とが》めもせず、志狼が頷《うなず》いた。

「そんな塔野君を危険から守ることも、この特別プログラムの重要な目的の一つだ」

「守る…って、どこ、が…！」

前のめりに抗議しようとした体を、背後から伸びた腕が引き戻す。ごつごつした鷹臣の掌が、薄い下腹へと重なった。

「あっ…」

「確かに、お前を守ることだけが主旨じゃねえな。最も優秀なアダムの子種でイヴを孕ませる。そいつがこのプログラムの最終目的だ」

怒りと羞恥《しゅうち》で、目の前が赤く濁る。

国の特別な研究指定校でもあるこの学園には、特別プログラムと呼ばれるカリキュラムが存在した。不遇な立場に追い込まれることが多いイヴを保護し、支援する。掲げられた名目は立派だが、しかし実情は違った。

特別プログラムってのは、セックスの実技実習なんだろ。

いやただの実技じゃなくって、イヴとのセックス指導だって聞いたぜ。

入学して早々、そんな噂話が同級生たちの間で持ち上がった。好奇心旺盛な男子高校生ばかりが、外出も制限され山奥の寮に詰め込まれているのだ。眉唾《つば》だと知りながらも、その手の話題に食いつかない者はいない。

まじかよ、イヴの美人教師が相手してくれるのかよ。残念だが、どうやら生徒のなかにイヴがいた場合に限るって話だぜ。

侃々諤々《かんかんがくがく》と盛り上がった話題は、溜《た》め息《いき》と共に都市伝説の域を出ない妄言《もうげん》だとの結論に落ち着いた。

当然だ。

男子高である学園内で、イヴの生徒など探しようがない。それ以前に、いくら試験的なプログラムとはいえ、性行為の実技実習など許されるわけがないのだ。あの時の塔野は、そう呆《あき》れたはずだ。それがどうだ。実際は、セックスの実技実習どころではない。

無力なイヴを囲い込み、優秀なアダムの遺伝子を引き継がせるべく繁殖を試みる。動物園で稀少動物が引き合わされる、あれと同じだ。相性が悪ければ交尾を回避できるだけ、動物の方がましなのではないか。

事実、イヴだと告げられた塔野にはなんの拒否権もなかった。

「…っ」

下腹に重なった鷹臣の手に、ぐ、と力が籠《こ》もる。苦痛を生むほど、強い力ではない。だが薄い腹をさすられると、爪先が悶えるほどの性感が走った。

そう、性感だ。

ふるえた背中に、硬い鷹臣の胸板が密着する。逞しい腕で引き寄せられ、太い大腿に載せられていると、自分が二回りもちいさくなった心地がした。

同級生の男の、膝の上だ。それも、ただ載せられているだけではない。

繋《つな》がって、いる。

剝き出しにされた塔野の尻の穴に、ずっぷりと深く鷹臣の陰茎が埋まっていた。

午後の日差しが注ぐ、教室だ。教壇に立つ志狼の他には誰もいないとはいえ、そこは確かに机が並んだ教室であり、今は五限目の授業時間中だった。

「心配するな優等生。こうやってさぼらず授業に専念すれば、すぐにでも俺の子供を孕めるだろうぜ」

ゆす、と腰を揺すり上げられ、声がこぼれる。

こんなものが授業だなんて、信じたくない。だが全ては、現実なのだ。

縋《すが》るものを探してもがいた塔野の左手を、鷹臣が捕らえる。肩越しに引き寄せられた指に、あたたかな唇が触れた。

「っ、軍…」

左手の、薬指だ。その指のつけ根には、いまだうっすらと赤い痕《あと》が残っている。形よく描かれたそれは、過日鷹臣によって刻まれた嚙《か》み痕だ。

痛みの記憶が、かあっと全身に飛び散る。

暗い、夜の校舎での出来事だった。薬指を嚙むなんて、どうかしている。あの時の塔野には、そう鷹臣を咎めることなどできなかった。自らが残した環《わ》を確かめるよう、ぬれた舌が白い指を舐める。

「言えよ。孕ませて下さいってな」

耳の穴へと吹き込まれた声の低さに、きゅうっと陰茎を呑んだ場所が締まった。

くらくらするほど、気持ちがいい。快感を逃がすまいと、爪先がきつく丸まってしまう。甘い痺れが足の裏を舐めて、下腹部を重く包んだ。

「んあ…、そこ、っ軍…」

「子宮に響くか？」

僕に、子宮なんかない。訴えようとする声を裏切って、臍の下がずくりと疼《うず》く。

そんな場所、腸と膀胱《ぼうこう》以外なにもないはずだ。

そう思うのに、むっちりとした亀頭《きとう》で叩かれると腹の奥が切なくうねった。性器を扱《しご》かれる直接的な性感とも、前立腺を圧迫される苦しいような甘さとも違う。もっと重くて、ぐずぐずと崩れ落ちそうな快感だ。

怖くて、気持ちがよくて、逃げ出したいのに指先一つ満足に動かせない。肩越しに覗き込んでくる鷹臣のみならず、正面に座る志狼の視線に性器がふるえた。

「…っぁ、違…」

教壇を降りた志狼は、塔野と向かい合う形で椅子《いす》に腰を下ろしている。教師の眼には、反り返って揺れる塔野の性器どころか鷹臣の陰茎を呑む穴までもが見えてしまっているはずだ。

恥ずかしさに汗が流れて、心臓が痛いくらい胸を叩く。短く息を切らす塔野を見る志狼の双眸は、生徒を指導する教師そのものだ。いや、実験の経過を観察する研究者の眼か。

教師という志狼の身分は、表向きのものにすぎない。実際のところ、彼は特別プログラムの実施にあたり配属されてきた研究員の一人だ。本来の所属は著名な研究機関で、そんな場所で働く現役の職員が高校生を相手に教鞭《きょうべん》を執るのかと、赴任時の挨拶《あいさつ》の際は驚かされたものだ。

悠然と椅子にかける志狼の体軀は、研究者などという肩書きが疑わしく思えるほどがっしりとしている。年齢は、二十代後半だろうか。泰然とした物腰には、外見以上の落ち着きがあった。知的に凪《な》いだ双眸も同じだ。だが引き締まった体軀の見事さは、確かに二十代のそれだった。

夜を溶かし込んだように暗い双眸が、身を屈《かが》めて塔野の股座を覗き込む。こすられ、充血した粘膜がどんな形に拡げられているのか。その全てを確かめてくる志狼の視線の先で、鷹臣が無遠慮に腰を揺すった。

「ひァ、あ…、待」

深く入り込んだ鷹臣の陰茎が、ごちゅ、と鈍い音を立てて奥に当たる。目の前で光が爆《は》ぜ、開きっぱなしの唇の奥で舌が引きつった。

強すぎる。そんなふうに、揺すらないでくれ。

不安定な態勢に怯《おび》え、前のめりに鷹臣の膝へと手を突こうとした塔野を、逃げるための動きだと捉《とら》えたのか。ぐっと腿裏を摑み直され、後ろに体重を預ける形で持ち上げられた。

「暴れねえで、ちゃんと締めてろ」

「あ…っ、や…」

勢いをつけ、ぬぶぶ、と奥まで押し入られる。声も上げられない塔野を、太い陰茎が小刻みに突き上げた。

持ち上げ、深く突き刺すほど大きな動きではない。だが短い距離を前後に搔き混ぜられると、我慢なんかできなかった。ごりごりと動く雁首《かりくび》の段差に前立腺どころか精嚢《せいのう》までも繰り返し押し潰《つぶ》され、刺激から逃れようと足がばたつく。

「あっひ、あ、強、ぁや…」

他の教室から離れているとはいえ、静まり返った校舎のなかだ。石造りの建物は堅牢《けんろう》だが、それでも誰かに声が届いてしまうかもしれない。分かっていても、ひっきりなしに悲鳴がこぼれた。向かい合い伸しかかられる形で繋がるよりも、予測できない場所に亀頭が当たってたまらない。どこを叩かれても、息が詰まった。膨《ふく》らんだ亀頭で行き止まりと思われる場所にキスされるたび、目の前で光が散る。

「っァ…」

顎《あご》を跳ねさせた塔野を抱え、鷹臣が低い唸《うな》りをもらした。密着した体越しに不規則な胴震いが伝わって、鳥肌が立つ。

射精されているのだ。

放すまいと両腕の力を強くして、鷹臣が尚も腰を押しつけてくる。これ以上は、入っちゃ駄目な場所だ。そう思うのに、男の動きは一向に力強さを失わない。怖いくらい深い所にまで先端が届いて、胃が迫り上がる。声も上げられずのたうつ塔野に鼻面を押しつけ、鷹臣が深い息を絞った。

「こらじっとしてろ。こぼれちまうだろ」

「ぁ…」

宥める声は、喉に絡んで掠れている。腹が立つほど満足そうなそれは、同時にくらくらするほど男臭い。

正気であれば、怒鳴りつけてやれたはずだ。だが酸素の薄さと衝撃に、頭のなかが白く濁る。

なにが、起こったのか。

はっ、はぁっ、と浅い呼吸に身を任せることしかできない塔野の視界に、大きく広げられた自分の股座が映った。茫然《ぼうぜん》と見下ろす視線の先で、腺液《せんえき》でてらつく自身の性器が揺れている。

だらしなく腺液をこぼしてはいるが、射精してはいない。だけど、達してしまったのか。

絶望と共に意識すると、びくん、ともう一度体がふるえた。

引ききらない性感を再び掻き集めようと、爪先や腿の内側が無意識に緊張するのが分かる。嘘《うそ》だ、こんなこと。そう思うのに、鷹臣のペニスを呑んだ尻の穴が切なくうねった。

「相変わらず、すけべなイキ方だな」

半開きになった塔野の口元を、背後から伸びた手が拭《ぬぐ》う。首を横に振ろうとしたが、鷹臣に摑まれた顎は塔野自身がこぼした涎でぐっしょりとぬれていた。胸にまで垂れたそれを追って、厳《いか》つい手が左胸をさする。

「んんぅ…」

「っ…、すげえな。すぐ回復しちまいそうだ」

ころころに腫れた乳首をつままれ、悶えた動きがまた鷹臣を刺激したのか。気持ちよさそうに唸った男が、密着した腰を丸く揺すった。もう、無理だ。首を振ろうにも、呼吸を整える猶予《ゆうよ》も与えられない。皺《しわ》を寄せる乳輪ごと二本の指で挟まれ、亀頭で圧迫される場所が甘く疼いた。

「ひァ、あぁ…」

「おい、あまり虐《いじ》めすぎるんじゃない。イヴは性交時、心身に対する負担を軽減させるため多くのドーパミンを分泌すると考えられている。その例にもれず、塔野君もとても感じやすい。雄イキより回数がこなせるとはいえ、これだけ派手にイけば十分疲れるだろう」

まだ、イってるも同然だろうしな。

冷静に窘《たしな》めた、志狼の言葉の通りだ。みっちりと尻穴を拡げる鷹臣の陰茎は、硬さを失わないまま前立腺は勿論、その奥の精嚢までを圧迫している。雁首の段差で引っ掻く刺激を加えられなくても、十分に気持ちがいい。そうでなくても射精で得られる快感のように、放出と共に区切りめいた冷静さは訪れないのだ。どろどろに弛緩《しかん》した関節はやわらかなままで、絶頂の瞬間と同じ波が繰り返し下腹や爪先を舐めている。

「こいつがこんな様子じゃあ、授業にならねえか？」

鷹臣の皮肉に、志狼が塔野の前髪をするりと払う。

「っあ…」

「授業を中断するには及ばないな。塔野君の状態を正しく把握することは、大切な授業目標の一つだ。限界がどこか、確認するのは重要なことだ」

わずかに細められた志狼の双眸に、ぞくっと背筋がふるえた。

「サディストが」

はっと吐き捨てられた、鷹臣の言葉が全てだ。

荒々しい空気を隠そうとしない鷹臣に比べれば、志狼が纏《まと》うそれは静謐《せいひつ》なまでに落ち着いている。だが必要とあれば、男の手がどれほど残酷に動くのか。プログラムが始まって以来、塔野は嫌というほど教えられてきた。

「…や、ぁ…」

ぞわりと、蘇《よみがえ》る記憶に首筋の産毛が逆立つ。

興奮に酷似した悪寒に、右足の親指がきつく丸まった。

「心外だな。私はいつだって塔野君の安全を第一に考えている」

こともなげに告げた志狼が、そろりと汗ばんだ腿を撫で上げる。ひ、とぬれた声をもらした塔野を満足そうに見下ろし、節の高い指が性器をつまんだ。

不意打ちで与えられた刺激に、とぷ、と恥ずかしいほど腺液があふれてくる。握り込んで、扱いてくれるのか。不安と、それを上回る恥ずべき期待とに呼吸が上がる。思わず腰が前に迫《せ》り出せば、深々と埋まる鷹臣のペニスが前立腺を圧迫した。

「あァ、あ…、や、強…」

「どさくさに紛れて、なに勝手に触ってやがんだ」

塔野を抱え直した鷹臣が、短い舌打ちをもらす。

「私はこのプログラムを指導する立場にあるからな。教師として、お前たちを十分サポートする必要がある」

敏感な裏筋をくすぐった志狼が、たとえば、と言葉を継いだ。

「たとえば今日の授業目標は、引き続き塔野君が性移行期を無事終えられるよう、心身共に準備を促すことにある」

性交の最中、ペニスに触れてくる鷹臣の手は気紛れだ。男性器を使うのではなく、雌としての快楽こそを躾《しつ》けようというのか。そうすることでホルモンの分泌が促進され、迅速かつ安定的に移行期を終えられると聞かされたことがあるが、塔野にとって歓迎できる点など一つもなかった。

器用な指で性器を甘やかされ、教師の言葉が脳味噌を上滑る。もっと刺激して欲しくて目を潤ませた塔野へと、志狼がなにかを引き寄せた。

「塔野君が心と体の準備を整えるためには、雄のアダムとのセックスによりホルモンの分泌を促すことに加え、妊娠や出産を疑似体験することも有益だと考えられる」

志狼が手にしたのは、教卓に置かれていた革張りの箱だ。呆気《あっけ》なく塔野の性器から手を放した男が、黒い箱を開く。

「ぁっ…、なに…」

重厚な外観と同様に、箱に施された内張はやわらかな革だ。差し出されたそのなかで、いくつかの硝子の球が光を弾いた。

真円ではない。卵に似て、ゆるやかな涙型をした球体だ。本当に、卵なのかもしれない。鶏卵より一回りほどちいさく見える硝子製の球たちが、掌を二つ並べたほどの箱に整然と収まっていた。

「サポートってのは、これかよ」

呆れたような鷹臣の声に、瞬く。

疑似妊娠。出産。志狼の口から与えられた言葉と、目の前の卵とが俄《にわか》には繋がらない。まさか。いや、そんなこと。本能的な恐怖に血の気が引いて、塔野は弾かれたように膝をもがかせた。

「な…、っあ、や…」

呻いた体を引き寄せられ、不意にずるん、と腹のなかで太い肉が動く。

「ひァ、あっあ…」

苦しくて、早く退いてくれと願っていたはずだ。だがみっちりと尻を拡げていた肉を引き抜かれると、惜しむような声がこぼれた。

「っあ、やめ、軍司…」

しっかりと張った鰓《えら》でごりごりと前立腺を掻き上げられれば、手にも足にも力なんか入らない。素足が床に触れたと思った時には、しがみつく形で手近な机へと縋らされていた。

「っひ」

うつぶせの姿勢で机に上体を載せられると、剝き出しの尻を鷹臣へと突き出す形になる。たった今まで太いペニスを呑んでいた穴が、どんな形に開いてしまっているか。注がれる視線をまざまざと感じ、泣き出したいほどの恥ずかしさに首筋が焼けた。

「んあっ」

「こいつの穴は確かに一つきりだが、だからって卵を産むわけじゃねえだろう」

教師に意見した鷹臣の中指が、尻の割れ目を縦に拭う。にゅぶ、ともぐった先は、自らのペニスで散々掻き回してきた肛門だ。

真っ赤に腫れローションと体液とをしたたらせるそこ以外、塔野には穴など存在しない。当然のことだ。男として生まれた自分にとって、そうでない体など想像できない。

だが、性移行を終えたイヴは違う。

体液にぬれた鷹臣の人差し指が、ぴたん、と軽く会陰《えいん》を叩いた。ここに雌の穴ができるのだと、最初に教えられた時には下衆《げす》な冗談だとしか思えなかった。

女性と同じ生殖機能を備える過程で、会陰に膣口《ちつ》が形成される者もいる。

プログラムを通じ、冷徹な声で繰り返され耳を疑うと同時に吐き気がした。あり得ない。血を吐くように叫んでも、この体を蝕《むしば》む変化を止めることはできなかった。

「塔野君の場合は、新しく膣が形成される代わりに肛門が総排泄孔の役割を果たすことになった。だが勿論、鷹臣が言う通り鳥や爬虫類《はちゅうるい》のように産卵するわけではない」

頭上から降る声の冷静さに、くらくらする。

張り詰めた会陰はそれまで以上に過敏さを増してはいるが、外見的な変化はほとんどなかった。もしここに物理的な変化があったらと思うと、血の気が引く。

だが体の全てが、以前と同じまま保たれているわけではない。最たるものが、鷹臣の指を呑む穴だ。皺を寄せ、慎《つつ》ましやかに口を閉じているはずの肛門は、以前と同じ機能のみを有しているとは言いがたかった。

「そもそもこいつの穴は、総排泄孔じゃねえな。立派なまんこだろ」

「黙…っ」

汚い言葉で笑った鷹臣が、折り曲げた中指を横に引く。ぷちゅ、と空気を含んだ音を立てて、注がれた精液ととろみのある体液とが穴からあふれた。

「あっ、駄目…」

粗相《そそう》を、させられているみたいだ。恥ずかしさに穴に力を込めようにも、掌を上に向けぐいぐいと引っ張られると悶えることしかできなかった。机にうつぶせた尻が上を向いて、爪先が床を掻く。

鉄の鉤《かぎ》に引っかけられ、尻を持ち上げられるのと同じだ。穴が縦に形を変えて、充血した粘膜が覗いてしまう。真後ろに立つ男が体を屈め、拡げられた場所を覗き込むのが嫌でも分かった。

「あっや、あー…」

ふぅ、と、意地の悪い唇が露出した粘膜に息を吹きかけてくる。つやつやと赤いそこは、形こそは肛門と大差ない。だが鷹臣が口にした通り、性器でもあるのだ。きゅっと締まった穴の健気《けなげ》さを笑い、鷹臣が長い指を回した。

「っひあ、あ…っ」

「確かにこんなきれいな色をしていては、総排泄孔などとは呼べないな。塔野君にも分かるだろう? 縦に筋が入って、女性器と大差ない」

エロい穴しやがって。

耳穴に吹き込まれた志狼の揶揄《やゆ》に、あ、と泣きそうな声がもれる。恥ずかしくて、辛くて、消えてしまいたい。それなのに甘い声で鞭打たれると、机に押しつけた男性器がじんと疼いた。

自分の体が、信じられない。机に縋る指に力を入れても、ぞくぞくとした余韻が長く腰骨を舐めた。

「産みたいか? 塔野。この穴から、卵」

鷹臣の指が、革張りの箱を引き寄せる。

「産むこと自体は重要じゃない。卵を大切なものだと、塔野君が認識できればそれでいい。勿論、出産には我々もつき添うから安心しなさい」

「っ、ぁ…、や、ァ」

安心など、できるものか。

恐怖と混乱に、かは、と詰まった息が肺で爆ぜた。

そんなもの、入るわけがない。

奥歯が鳴って、堰《せき》を切ったように涙があふれた。硝子の卵自体は、怯えるほど大きくはないのかもしれない。そうだとしても、ごろりとした異物を男たちの手で尻に詰められるなど、考えただけで心臓が大きく軋《きし》んだ。

二人の手が、どう自分を扱うか。恐ろしさに身をもがかせた塔野へと、あたたかな唇が落ちた。

「…ぁ…」

「脅しすぎだろうが、糞《くそ》教師」

「お前に言われたくはないな」

呆れたような声と共に、瞼や顳顬《こめかみ》に口づけられる。手にした卵を、鷹臣が興味を失ったように箱へと放った。

やめて、くれるのか。

唐突に湧《わ》いた希望に、しゃくり上げる息がもれる。こんな意地悪、最低だ。大声で詰《なじ》ってやりたいのに、どっと体から力が抜けた。

「卵の代わりに、俺のちんぽで栓してやるよ。さっさと本物のガキを孕めるようにな」

埋められたままの指で前立腺を転がされ、不規則な刺激に膝が跳ねる。

「ん、あっ、待っ…」

「後は自習で十分だぜ、センセイ。質問があれば、聞きに行く」

二本目の指を差し込んだ鷹臣が、邪魔だと言わんばかりに志狼へと顎をしゃくった。無論、質問に出向く気などないのは誰の目にも明らかだ。

「呑み込みの早い生徒でなによりだ。だが、職場を放棄するほど私も無責任にはなれないからな」

それに、と、志狼が顔色を変えることなく塔野を見下ろした。

「それに今日は、お前たちに重要な伝達事項もある」

志狼の声に混ざった機微に、鷹臣の双眸が剣呑《けんのん》な光を帯びる。

「指導教官としてだけでなくもう一度、私にも塔野君に触れる機会が与えられることになりそうだ」

どういう、意味だ。

唾液《だえき》で汚れた机に縋り、塔野が視線をふるわせる。

「来週から、鷹臣以外の候補者のアダム、すなわち私と遊馬《あすま》が正式にプログラムに復帰する見込みだ」

間を置かず与えられた言葉に、耳を疑った。

それは鷹臣も同じだったのだろう。尻穴に入り込んだ男の指に力が籠もり、ぐ、と不意打ちの強さで前立腺を圧迫された。

「いあっ…」

「こいつが選んだアダムは俺だぜ」

鷹臣が、告げる通りだ。

少なくともプログラムの形式上は、そう決定づけられたはずだった。

特別プログラムの参加者は、イヴである塔野とアダムである鷹臣の二人だけではない。最も優秀な、アダムの子供を残す。その唾棄すべき目的のため、アダムのなかでも特に優れた三人の候補者が選ばれた。そのうちの一人が鷹臣であり、目の前の志狼だった。

候補者のなかから、一人の伴侶を決めろ。そう迫られても、選べるわけがない。

社会的経済的成功者であるアダムを、射止めたいと願う者は星の数ほどいる。だけど、僕は違う。

そんな人生を夢想したことは、一度だってない。

それでも選択を強いられ、塔野は一つの決断を下した。

鷹臣を、選んだのだ。

正しかったとは、とても言えない。直後に起きた一件と、それによって鷹臣が被《こうむ》った物事の顚末《てんまつ》を思えば、自分を呪うことしかできなかった。だが塔野が再び学園に戻っても決定は覆されることなく、プログラムの最終候補者として鷹臣が残り、志狼たちは不測の事態に備えた次席の候補者に留《とど》まることとなったのだ。

「プログラムの第一段階として、塔野君は確かに最上位のアダムである我々三人から鷹臣、お前を選んだ。本来ならその後プログラムは、選ばれたアダムとの間に子供をもうけるためのものへと移行する」

まさに今、自分たちが強いられている授業がそれだ。

喘ぎ、どうにか視線を上げようとした塔野の顎を、鷹臣の掌が掬《すく》う。垂れた涎を親指で拭われ、んあ、と声がこぼれた。

「だが塔野君の特殊性も鑑《かんが》みて、遊馬と私の復帰が検討されてきた。復帰が決まった場合も、妊娠を支援するプログラムは並行して継続される」

「っ…」

首筋に、鳥肌が立つ。

与えられた、言葉のためだけではない。顳顬に唇を寄せる、鷹臣の気配にこそ息が詰まった。怒気だ。

燃え立つような怒りの気配が、背筋を舐める。怒鳴ることも、志狼に摑みかかることもない。だが冷たい手で心臓を握り潰されたように、吹き上がる怒りの激しさに脂汗が滲《にじ》んだ。

「あっ、あ…」

「承伏《しょうふく》しがたい鷹臣の気持ちは分かる。だが、遊馬の憔悴《しょうすい》も激しくてな」

並の人間ならば、これほどの怒気をまともに浴びせられれば立ってなどいられまい。だが視線一つ動かすことなく、志狼がもう一人の候補者の名を口にした。

軍司遊馬は、鷹臣たちと親戚関係にあるアダムだ。塔野の、幼馴染《おさななじ》みでもある。

俺を選んで、未尋ちゃん。

誰よりも一途《いちず》な眼で求めてくる幼馴染みの手を、塔野は選ぶことができなかった。選んでいいわけがない。このプログラムを通じて初めて知ったが、遊馬の愛情に迷いはないのだ。塔野を得るためなら、遊馬はプログラムを利用することさえ厭《いと》わないだろう。だがそうなれば、遊馬の人生は大きくプログラムに縛られることになる。大切な幼馴染みの一生を、自分などの存在と引き替えに狂わせていいはずがなかった。

「一度心に決めた相手を失えば、我々アダムは生きてはいけない」

アダムは、失恋したら死ぬ。

合理性の塊《かたまり》のようなアダムが、実際は不合理極まりない生き物だと教えたのは志狼だった。なんて、お伽噺《とぎばなし》だ。

アダムは自らの心臓の半分を、ただ一人の相手に託して生まれてくる。

多くのアダムが、自らの人生をその唯一の相手と出会うための旅に例えた。長く孤独な旅路を辿り巡り会えた心臓の半分を得ることで、アダムはようやく完璧《かんぺき》な存在となる。

数多《あまた》の文学でも語られる、それは憧れを煮詰めた夢物語だ。実際のところ、心臓の半分などというものは比喩《ひゆ》にすぎないと誰もが知っている。だが子供を持つことが難しいアダムにとって、イヴが特別な存在であるのは確かなのだろう。

つい先日目にした幼馴染みの横顔が、苦さを伴って胸を過《よぎ》った。

恋に破れて死ぬだなんて、大袈裟な上に卑怯《ひきょう》な脅しだ。そう切って捨てることができれば、幸福だっただろう。だが志狼の言葉通り、遊馬が一目でそれと分かるほど憔悴していることは確かだった。

「塔野君が鷹臣を選んだ経緯も特殊なものだ。遊馬にとっては、諦《あきら》めがつかないんだろう」

「誰か一人が選ばれる、そいつは最初から分かってたことじゃねえか。それが自分じゃなかったからって、ごねてどうにかなってたまるかよ」

塔野が鷹臣を選んだ経緯は、実際正当なものとは言いがたい。だが、決定は決定だ。あの日病室で告げた通りに繰り返し、ずる、と鷹臣が太い指を引き抜く。

「…うぁ」

「そうは言っても、遊馬が優秀なアダムであるのも事実だ。貴重なアダムが今回の件で心身共に病んだとなれば、それはそれで損失だからな」

貴重なアダム。損失。

志狼の言葉が、プログラムに対する皮肉であることは分かっている。それでもイヴは言うまでもなく、アダムまでも資源の一部のように扱おうとする現実に眉間《みけん》が歪《ゆが》んだ。

「そんなクソみてえな理由で振り出しに戻されてたまるか。今更こいつと引き離されれば、俺だって死ぬぜ」

ぐ、と顎を摑む手に引き寄せられ、顳顬に硬い鷹臣の頤《おとがい》がこすれる。

死ぬって、君。

当然だと言わんばかりに言葉にされ、左の胸で痛いくらい鼓動が跳ねた。

「な、軍…」

「それは私も同じだ。塔野君がお前を選んだと聞かされてから今日まで、左の胸が痛まなかった日はない」

衒《てら》いなく頷き、志狼が自らの左胸に手を重ねる。芝居がかった仕種《しぐさ》が、これほど堂に入る男も他にない。同時に、これほど真実味のない言葉も他にないだろう。

「…っ、先…」

「勝手に死んどけ。今更俺たちアダムを競わせてなんになる。こいつは俺の心臓の半分なんだぜ」

それは、甘ったるい愛の言葉ではない。ただ簡潔な事実だ。

心臓の半分なんて、実在するわけがない。誰の小指にも赤い糸なんて結ばれていないし、アダムの心臓は欠けるどころか常人のそれ以上に強靭《きょうじん》な作りで鼓動を刻み続けている。

塔野自身、ずっとそう思ってきた。だが、違った。

欠けた心臓の、半分。その言葉の意味を、塔野は半月前の夜、悪夢のような経験を経て我が身で悟った。

「我々も、その認識に異論はない。だが鷹臣にとって塔野君が心臓の半分だと知る者は限られている」

志狼の肯定に、鷹臣が舌打ちしたそうに唇を歪める。鷹臣自身、続く言葉は十分に理解しているのだ。

「心臓の半分を見つけたと公表すれば、確かにお前は塔野君の伴侶に選ばれるだろう。だがそうなった場合、現行のプログラム以上に面倒な事態になることは避けられない」

同じ遣《や》り取りは、鷹臣の入院中にもすでに交わされたものだ。

鷹臣にとって塔野が心臓の半分であると示すには、あの晩の出来事に言及しないわけにはいかない。なにが、起こったのか。何故《なぜ》塔野が心臓の半分であると、確信するに至ったのか。

ありのままの事実を知れば、アダムの繁殖を願う連中は色めき立つだろう。完璧なアダムが持つ、完璧な心臓。その具現《ぐげん》者たる鷹臣を前にして、彼らが黙っていられるはずはないのだ。

もし事実を秘匿《ひとく》できるだけの力があるのなら、塔野でも迷わずそうしただろう。

「軍司家としても、お前を実験動物として差し出すつもりはない」

志狼の決断もまた、明快だった。

あの夜校舎から連れ出された鷹臣は、志狼が所属する研究施設へと迅速に運ばれた。そこは軍司家が実質的に運営する、部門の一つだ。鷹臣に接触できる者は限られ、箝口令《かんこうれい》が徹底された。綻《ほころ》びのない環境のなか、鷹臣は短い休養を得たのだ。

「お前としては、どんなリスクがあろうと塔野君さえ手に入ればそれでいいと思うんだろうがな」

「公表すれば、塔野にも累《るい》が及びかねないって言いてえんだろ」

糞が、と吐き捨てた鷹臣に、志狼もまた唇を引き結ぶ。

「現状ではな」

研究機関の運営に留まらず、軍司家が経済界に及ぼす影響力は無視しがたい。そうした後ろ盾を持つアダムですら実験動物扱いされる可能性が高いとなれば、その心臓の半分であるイヴの取り扱われ方など想像に難くなかった。

「心臓の半分であることを理由にできない代わりに、お前には心臓の半分に巡り会えたというアドバンテージがある。もう一度選出をやり直したところで、お前の精子が最初に塔野君に着床しさえすれば彼を名実共に伴侶にできる」

「塔野を最初に孕ますのは当然俺として、だからってどうしてお前らが塔野とヤるのを黙認しなきゃならねえんだって話だろ」

「っ……」

歯を剝いた鷹臣が、がぶりと塔野の耳殻に歯を立てる。痛みよりも甘い痺れが背筋を走り、体の下で机が揺れた。

「利点はある。複数の雄と性交することで、ホルモンの分泌を一層促す効果も期待できる。マーキングに関しても同じだ。それに決定となれば、我々に選択の余地はない」

「俺までごねれば、プログラムの形態自体再考するってか」

鷹臣の危惧《きぐ》は、おそらく外れてはいない。

特別プログラムそのものは、国の事業だ。現場の管理を志狼たちが掌握していたとしても、決定権の多くは国にあるのだと、入院中の鷹臣からも聞かされていた。

「折角苦労して手に入れた候補者の座だ。手放したくはないだろう？」

言外に肯定され、鷹臣の眉間の皺が深くなる。

「分かってんなら、邪魔者はさっさと身を引きな」

「なんて言い種だ、恩人に向かって。お前を候補者に繋ぎ止めてやったのは私だぞ」

なんの、話だ。涙が絡む睫を上下させた塔野を、硝子越しの視線が見下ろした。

「イヴが君だと報される前、鷹臣は今回のプログラムを辞退する気でいてな。無論、気軽に降りられるものでもないから、それなりに面倒なことになりかけていたようだが。それが一転、今度は候補者に食い込まなければならなくなった」

「当然だろう。塔野がイヴだってんならな」

もう一度耳殻を口に含まれ、息が詰まる。

初耳だ。

こいつがイヴだと聞いて、俄然《がぜん》このプログラムに興味が湧いたんでな。

以前、鷹臣からそう教えられたことはある。だが当初は辞退する予定だったプログラムに、翻意《ほんい》した上で参加したなどまるで知らなかった。

「君…、どうして…」

思わず口を突いた呻きに、志狼が塔野の頬《ほお》骨をするりと撫でる。

「どうして？　高校入学以来、塔野君に対するこいつの求愛は明白だっただろ？」

「……は？」

掠れた、声が出た。

求愛と、言ったのか。

それも入学以来、と。

思わずぽかんと開きそうになった唇に、志狼がちいさく肩を揺らした。

「笑ってんじゃねえぞ、糞教師」

塔野の唇を撫でた志狼を、鷹臣が低く威嚇《いかく》する。崩れ落ちそうな塔野の体を抱え直そうとして、同級生が動きを止めた。

「…塔野？」

こぼれそうに見開かれた双眸に、気づいたのか。瞬きもできない塔野を覗き込み、鷹臣が逞しい首を傾《かし》げた。

「嘘だろ、そんな」

「あ？」

「っ…、だって、君、求愛どころか、僕のことを目の仇《かたき》にして…！」

自分の唇からあふれた声に、二度驚く。だが、仕方がない。

だってあれのどこが、求愛のダンスだったんだ。裏返った声を上げた塔野に、鷹臣の双眸が鈍く光る。

「目の仇ってのはなんの話だ」

「君、ずっと僕に嫌がらせしてたじゃないか…！」

煙草を吸うな、授業をさぼるな、ネクタイをちゃんと締めろ。

教師ですら見て見ぬ振りをする鷹臣の素行に、塔野一人が真正面から意見した。あの鷹臣を怒らせたら、どうなるか。ふるえ上がる周囲をよそに、鷹臣は拳《こぶし》で塔野を屈服させはしなかった。だが代わりに、気がつけば互いが視界に入るたびこれ見よがしに挑発された。

「……あ？」

「僕と擦れ違う時にわざとだらしなくネクタイゆるめてみせたり、僕と目が合ったらにやにやしながら煙草取り出すふりしたり…！　そうやって屋上まで僕に追いかけて来させておいて、どんって胸小突いたり…！　その挙げ句煙草吸われたくなかったら飴《あめ》寄越せって、君何回言った!?　飴が欲しいなら、普通にそう言いに来ればすむ話じゃないか。一々怒る僕が面白《おもしろ》かったのかもしれないけど、友だちと話してる時にまで、いきなりどんってぶつかってきたり！　しかも用がないのにだよ!?」

挙げれば、きりがない。

廊下や屋上のみならず、図書室や職員室、どこでだって不意に硬く分厚い胸板で小突かれた。

塔野は決して小柄ではないが、頑丈な鷹臣にぶつかられたらふらつかずにはいられない。両手をポケットに突っ込んで、怒る塔野を見下ろしてくる鷹臣は実に嫌な奴だった。

「…いいかな、塔野君。私が思うにそのどんっ、というのはだな」

顎へと手を当てた志狼が、何事か見解を挟もうとする。だがそれが声になる前に、どんっ、とそれこそ重い音が志狼の胸で響いた。

鷹臣の拳が、力任せに実兄の左胸を撲ったのだ。

「な…ッ！　ちょ、軍司ッ、先生になにするんだ君っ」

「うるせぇ！　いいかよく聞け優等生。なにが嫌がらせだ！」

心臓の真上だ。

冗談ではすまされない拳の重さに、屈強な志狼ですら足元をふらつかせる。むしろ志狼だからこそ、その程度ですんだだけだろう。慌てて体を助け起こそうとした塔野を、逞しい腕が摑んだ。

「おい軍司っ、先生が…」

「知るかよ。そんなことより、俺は糞教師どころか猿でも分かるくれえ分かりやすくアピールしてただろうが」

「な、なにをだよ！」

君がアピールしていたとすれば、それは僕に対する意地の悪さだけだろう。

叫ぼうにも、声にならない。

むしろ声にならなかったのは、幸いだったのか。伸しかかってくる影のなかで、暗緑色の双眸がぎらりと光る。

「……分かったぜ。だったらよおく覚悟しな。今度こそ、思い知らせてやる……！」

ぞっと、鳥肌が立った。

怒っている。それも、ものすごく。血管を浮き立たせる鷹臣の形相に、塔野はごくりと喉を鳴らした。

これ以上、事態が悪化するなんてあっていいのか。

冷たい汗が背中をぬらすが、逃げられない。ふるえる爪先で、塔野は為す術《すべ》もなく固い床を掻いた。


いくつもの視線が、振り返る。

昼休みが始まったばかりの、麗《うら》らかな教室だ。

この時刻、本来であれば食堂に移動する者も多い。だが今日に限っては誰も教室を離れることなく、窓際の一番後ろの席を注視していた。首を伸ばして覗き込んでくる者もいれば、そっと視線を振り向け様子を窺《うかが》う者もいる。

無理もない。

僕が級友たちの立場だったら、同じように注視していた。だって、こんなことあり得ない。

夢なら今すぐ醒《さ》めてくれ。この数週間、何度同じことを願っただろう。だが結局は全てが現実で、幾度朝を迎えても崩れ去った日常は戻ってこなかった。

「出しな」

黒々とした影を落とす男が、命じる。

出せって、財布《さいふ》をか。小銭だって見逃してくれなさそうな双眸が、高い位置から塔野を見下ろしていた。これは、あれか。校舎の裏に連れ込まれた生徒が、素行不良の同級生に脅されるやつだ。かつ上げ、という言葉を思い描いた塔野に、鷹臣が感心するほど男っぽい顎をしゃくった。

「さっさと手を出せって言ってんだぜ」

財布じゃなくて、手なのか。正直、財布の方がよかったな。心底からそう思った塔野の眼前に、鷹臣が右手を突きつけた。

正確には、そこに載せた小箱をだ。

革張りの小箱は見るからに高級そうで、側面には緻密な留め飾り《タフティング》が施されている。内張は、ぬれたように艶やかな天鵞絨《ビロード》だ。ぱか、と開かれた箱のなかには、二枚貝に抱かれるようにうつくしい指輪が収められていた。

眩しい。

誇張ではなく、そう思った。

ダイヤモンド、なのだろう。目が痛くなるほどきらきらと輝く宝石が、指輪の天辺でその存在を誇示していた。

「…出すって君、むしろそれを引っ込めるべきだろ。貴金属の持ち込みは、校則違反だぞ」

自動音声さながらに、抑揚に欠けた小言がこぼれる。果たして校則に、それは明記されていただろうか。混乱した頭では咄嗟《とっさ》に思い出せなかったが、校則に書かれていなくてもこれは駄目だろう。きらきらしすぎている。冗談じゃなく、目が痛い。

こんな指輪、初めて見た。

校則違反だと言いはしたが、実際のところ学園内で高価な指輪を目にする機会は少なくない。狭き門であるこの学園は、一般の公立校に比べると生徒に占めるアダムの割合が格段に高いのだ。

大抵の場合、アダムたちはその指に祝福を意味する指輪を輝かせていた。勿論、自分がアダムか否か、そんなプライベートな問題を軽々に口にしたがらない者もいる。そのため全てのアダムが指輪を身につけているわけではなかったが、学内では見るからに特別と分かる指輪に出会う機会も多かった。

そうしたものを見慣れているはずの塔野の目にも、突きつけられた指輪の輝きは鮮烈だ。

なんて大きさだろう。見事なブリリアントカットが施された宝石は、塔野の小指の爪ほどもある。幾重にも光が反射して、まるで石そのものが内側から光を放っているようだ。息を呑むようなダイヤモンドの眩さもすごければ、それを手にする鷹臣の迫力も負けてはいない。臆することなく小箱を手に収め、猛禽《もうきん》がごとき眼をした男がそれを塔野へと突きつけた。

「すまねぇが、どうやら俺は間違ってたみてえだな」

身構えた塔野の視線の先で、鷹臣が自らの顎に手を当てる。

低く唸られ、眉根が寄った。傲慢《ごうまん》なこの男が、素直に非を認めるなんてことがあるのか。

いやこう見えて、鷹臣はアダムという特権に胡座をかくどころか、その責務を果たそうと考える男でもある。ここが教室であることや、塔野の訴えの正当性を理解してくれたのか。

微かな希望とそれが裏切られる予感とに息を詰めた塔野を、暗緑色の双眸が見下ろした。

小箱のなかのダイヤモンドより、それは遥かに強い輝きを宿している。黎明《れいめい》を待つ、深い海みたいだ。うつくしいその色が、落ちてくる。

「テメェにはこれくらいあからさまにやらねえと、伝わらねえんだったな」

どっと、教室中の空気が揺れた。

なに、を。声を上げられずにいた塔野の鼻先で、鷹臣が逞しい体を屈める。

止める間なんかない。清掃が行き届いているとはいえ、教室の床の上だ。まるで躊躇《ちゅうちょ》することなく、制服に包まれた右膝がそこに落とされた。

「軍司…っ」

「愛してる、塔野。俺だけのものになりてえって言いな」

殴りつけられたも、同然だ。

低いがはっきりとしたどよめきが、教室を大きく揺らす。

プログラムが始まって以来、塔野は否応なく好奇の視線に晒《さら》されてきた。娯楽の少ない、山のなかだ。イヴを巡る特別なカリキュラム以上に、衝撃的な話題は他にない。プログラムが始まり、すでに幾度かの週末を越えた今でさえ、彼らが飽きる気配はなかった。むしろ熱を帯びる一方の視線のなかでも、今日のどよめきは群を抜いている。

だって仕方ない。嘘だろう、こんなこと。

咄嗟に頭に浮かんだのは、鷹臣の入院先での一件だ。あの時も鷹臣は、傷ついた体で自分に膝を折った。正確には膝を折った上で脅したわけだが、その点においても今この現実と酷似してはいまいか。

「おい、聞いてんのか塔野」

短気に催促した男が、塔野の左手へと唇を寄せた。

跪《ひざまず》いて、手を取って、口づける。右手には、でっかいダイヤモンドが輝く指輪。暴力的なまでの視覚からの情報に、脳の処理速度が追いつかない。ちゅ、と音を立てて薬指の爪を吸われ、塔野は全身をふるわせた。

「な、なにやってるんだ君、こんなこと…ッ！」

唇から迸《ほとばし》った声に、鷹臣が首を傾げる。

「なにって、俺に跪いてほしかったんだろ。どうだ、思い知ったか」

なんだ、その勝ち誇った顔は。もげそうなほど、塔野は全力で首を横に振った。

「嫌がらせにもほどがあるだろ！　君に跪いてほしいなんて、そんなこと考えたこともないよっ」

「嘘をつくな。俺に愛してるって言ってくれって泣いてせがんだくせに」

それこそが嘘じゃないか。

心当たりがないとは言えないが、主旨は大きく違っていたはずだ。

昨日、鷹臣に迫られた告白が蘇る。

〝特別プログラムが始まるずっと以前から、塔野に対する鷹臣の好意は明白だった。そんな志狼の言葉に、塔野は我が耳を疑うことしかできなかった。

だって君、あれはどう考えても嫌がらせであり、求愛のダンスなんかじゃなかっただろう。塔野の訴えに、鷹臣は分かりやすく眦《まなじり》を吊《つ》り上げた。

じゃあ、お前はどうされりゃあ満足だったんだ。

いや、満足もなにもこの状況そのものを想定していない。そんな塔野の声は掻き消され、執拗《しつよう》なまでの追及を受けた。裸でだ。

その話題に至った時点で、塔野は下肢を剝かれていたのだから分が悪い。生乾きの体液で汚れた体に胸板どころか逞しい腰をぶつけられ、事細かに問い質《ただ》された。

「あ、あれはどう考えてもこういう話じゃないだろう。大体、昨日も言ったけど、あああ、愛してるだなんて…」

「そういうことだろ？　俺の愛情表現が分かりづらいだのなんだの、散々文句言いやがって」

実際現状も含め、嫌がらせ以外の何物でもないじゃないか。志狼の言葉が真実だと言うなら、分かりづらいどころの話ではない。それを僕こそがわがままな文句を垂れたみたいに言われるのは、理不尽すぎるんじゃないのか。訴えようとする塔野の薬指に、鷹臣がもう一度唇を押し当てる。

「だが確かに、お前が足りねえって言うならその通りだ。お前を十分満足させてやるのも、俺の務めだからな」

謙虚さとは無縁の男が、暗緑色の眼で塔野を仰ぎ見た。

「愛してる、塔野。他の奴らみてえに見て見ぬ振りだってできたのに、周りの忠告も聞かねえで糞真面目に俺のこと注意しに来るお前を、ずっと俺だけのものにしてえって思ってた」

君は、どうしてこう手加減ってものを知らないのか。

薬指に吹きかけられた声には、嘲笑《ちょうしょう》も皮肉もない。端的な言葉は、刃物と同じだ。口を開いたきり声を出せない塔野の指に、あたたかな指が絡んだ。

「こいつをはめて下さいって、言いな。俺もお前にはめちまいたくて仕方がねえんだ」

必要以上に卑猥に聞こえる口説き文句に、腹が立つより怖くなる。

これは、昨日の僕への意趣返しなのか。そうだとしても、冗談にならない。降参だ。ふるえた塔野の指に、鷹臣が切りもなくキスを落とした。

「そんな平凡な指輪、未尋さんが欲しがるわけねーじゃねぇすか。未尋さんの指を飾るのは、ずっと未尋さんのことを見てきた超誠実な男の超スペシャルな指輪じゃねぇと」

張りのある声と共に、横から伸びた手が塔野の左手を捕らえる。

あっ、と級友たちの口から悲鳴じみた声がもれた。

鷹臣の手から、塔野の腕を奪ったのだ。

誰が。

ざわ、と揺れた教室の空気に怯《ひる》むことなく、身を割り込ませた男が深く膝を折った。

「塔野未尋さん、俺と…、この軍司遊馬と結婚してくれませんか」

濃褐色の双眸が、低い位置から塔野を映す。

よく知った、幼馴染みの眼だ。それが教室の床に跪き、塔野に愛を請うた。

「あ、遊馬…！　お前、体は大丈夫なのか⁉　って、なにを…っ」

驚きのままこぼれた声に、濃褐色の双眸がぱっと輝く。

飴玉みたいに、きれいな眼だ。

小学生の頃、初めて出会った日にもそう思った。

夏休みに訪れたキャンプ場で知り合った男の子は、きらきらと光る眼で塔野を見上げた。物怖じしない遊馬の視線が、塔野よりも低い位置にあったのはわずかな間だ。瞬く間にささやかな身長差は逆転され、腕の太さにも体の厚みにも二回り以上の差がついた。

そうなってすら、遊馬はいつだって塔野の大切な幼馴染みであり、誰よりも大切な弟分だった。

精悍な遊馬の容貌は、彫りが深く男らしい。黙って立っていれば、整いすぎた顔立ちは近づきがたいほどだ。だがくっきりと描かれた目尻には、不意打ちのような甘さが滲む。背丈は鷹臣よりいくらか低い程度だが、威圧感はまるでない。快活な笑顔を前にすれば、誰だって視線を惹《ひ》きつけられずにはいられなかった。

「取り敢えず立て、遊馬。ここは二年の教室だぞ」

同じ制服を身につけた遊馬は、一つ年下の一年生だ。学年による上下関係が厳しい校内において、下級生である遊馬が二年生の教室に立ち入れば人目を集める。その下級生が、特別プログラムに参加するアダムとなれば尚更《なおさら》だ。

思わず窘めはしたが、口から出た言葉以上に塔野の目を引きつけるのは別のことだった。

お前、痩《や》せたんじゃないのか。

久し振りに間近から見た幼馴染みは頬が削《そ》げ、精悍さが増した気がする。体つきも同様で、制服に包まれた腰のあたりがいくらか薄くなったようだ。

鷹臣の入院中に何度か顔を会わせてはいたが、ゆっくり話せたとは言いがたかった。あんな騒ぎがあった後だ。寮に戻ってからも互いに慌ただしく、二人きりで会う機会は得られなかった。

遊馬のことが、気がかりでなかったわけはない。

むしろどうしているか、ずっと心配だった。プログラムへの復帰の可能性を聞かされてからは、特にだ。そんなこと、遊馬のためにならない。逃れられるならこんなものとは距離を置き、自分に相応しい相手を探すべきだ。プログラムが再開されてしまう前に、ちゃんと話し合わなければ。そう願うまま、今日になってしまった。

改めて目の当たりにする幼馴染みは、明らかに憔悴の影を滲ませている。

大丈夫なのか。

声に出そうとした塔野の手を、遊馬が握り直す。

「俺、考えてたんす。未尋さんが鷹臣さんを選んだんだと思って、マジ死んじまいそうなくらいショックで…、でも、だからって、諦められるのかって。諦められるわけがねえ。未尋さんへの愛は、そんな軽いもんじゃねえんだ」

目の前が、暗くなる。

お前まで、なにを言い出すんだ。しかも片膝を突いた、そんな恰好で。

天を仰ぎそうになった塔野に構わず、跪いた遊馬が白い手へと唇を押し当てた。

「俺と結婚して、未尋さん。諦めるくれえなら、鷹臣さんとガチでやり合ってくたばった方が千倍ましだ。勿論、負ける気はねーけど」

恭《うやうや》しい仕種に、教室中がどよめく。

真《ま》っ直《す》ぐ自分を仰ぎ見てくるのは、よく知った幼馴染みの眼ではない、覚悟を決めた、男の眼だ。

「遊…」

見覚えのあるその色に、ぶるっと背筋がふるえる。引っ込めようとした手を強く握り、遊馬が唇どころか頬までをも擦り寄せた。

まるで初めて呼吸を許されたとでもいうように、ゆっくりと肺が膨らむ。幼馴染みの横顔に浮かぶのは、安堵《あんど》と恍惚だ。うっとりとゆるんだ目元もまた、薄く肉が削げている。恋煩い、という言葉そのままの頬を晒し、遊馬が胸の隠しを探った。

「てめ」

真横に落ちた声の低さに、級友たちが息を詰める。

唐突に現れ塔野の指を奪った遊馬を、鷹臣が看過するはずもない。剣呑な声で唸った男に、遊馬がちら、と視線を向けた。

それでも塔野の指から自らの指をほどくことなく、遊馬がちいさな箱を取り出す。

純白の布が張られた、砂糖菓子のような小箱だ。そっと開かれたそのなかで、大粒のダイヤモンドが光を弾いた。

「初めて未尋さんに会った時から、俺が贈る指輪でこの指を飾りてえって思ってた」

指輪を捧《ささ》げ持った遊馬が、改めて左手へと唇を押し当ててくる。

「な…っ、遊馬、どうしたんだこんな指輪…！　まさかおばさんの金庫から…」

「違うっす。ちゃんと俺が相続したもんだから安心して」

小箱に収まる指輪は、遊馬の双眸そのままの眩さで輝いている。

宝石の大きさは、鷹臣が手にしたものよりわずかにちいさいだろうか。だが輝きは華やかで、珍しいハートの形をしている。その大きなダイヤモンドを、小粒のダイヤモンドが花火のように取り巻いていた。

どう考えても、高校生が気軽に手にできる品物ではない。

遊馬の実家が飛び抜けて裕福であることは、つき合いの長い塔野もよく知っていた。だが遊馬もその両親も、暮らしぶりは堅実だ。さっぱりとした気質の遊馬の母は躾には厳しく、ちいさな頃から息子を野放図に甘やかしはしなかった。塔野の影響もあってか、決まった小遣いのなかで遣りくりする金銭感覚を、遊馬も身につけていたはずだ。

その遊馬が、何故こんな指輪を手にしているのか。相続と言われても、頷けない。驚きに目を剝く塔野に、遊馬が恥ずかしそうに下唇を突き出した。

「ごめん、ちょっと予定と違ってて。本当はあの時の飴玉みたいな指輪を贈りたかったんすけど」

あの時の飴玉とは、遊馬と初めて出会った日、塔野が与えた飴のことか。申し訳なさそうに唇を歪ませた遊馬に、塔野はぶるりと肩をふるわせた。

「なに言ってるんだ。相続って、これ大切な指輪なんだろ？　こんな所に持ち出したら駄目じゃないか」

「未尋さんのために、俺が用意したもんだから大丈夫す。勿論すぐに、俺自身の手で稼いだ金でもっとちゃんとした指輪を贈るんで、待ってて下さい」

あと、これ、と遊馬が思い出したようにもう一度胸の隠しを探った。

「…なんだ」

「チケットっす。新婚旅行の」

取り出された封筒を掌に重ねられ、再び目を剝く。固い床に膝を着いたまま、遊馬がちゅっと掌へと唇を落とした。

「とは言っても、行き先は白紙なんすけどね。これから二人で行きたい場所決めましょうよ」

にっと笑う遊馬は、週末の遊びに誘う幼馴染みそのものだ。光を煮詰めたような双眸は屈託がなく、どんな毒も含まない。だが遊馬が言う新婚旅行というものが、罪のない比喩でないことは痛いほどによく分かった。

「今日これからって言いたいとこっすけど、授業出ねえと未尋さん心配するし。週末はどうすか？ちなみに行き先はともかく、移動はプライベートジェットのチャーターがお薦めす。ビジネスジェットならうちの会社所有のがあると思うんすけど、チャーターだと大型機も選べるし。ベッドルームが豪華な飛行機で高度三万フィートで子作りとか超ロマンチックじゃないすか」

「子…、って、なに莫迦なこと言ってるんだッ！　旅行も無駄遣いも全部駄目だ！　そんなことよりお前、ちゃんとご飯食べてるのか？　目の下、隈《くま》になってるじゃないか！」

我慢できずに叫びを上げるが、それでも世話を焼くのはやめられない。いつもの調子で窘められたことすら嬉しいのか、遊馬が歯を見せて笑った。

「未尋さんがあーんってやってくれたら、食欲も超回復するっす。で、高度三万フィートで子作りして一緒に昼寝とかどうすか」

「お前の童貞ちんぽじゃ三万フィートまで上昇する前に射精して終わりだろ。それどころか、タクシング中だって保《も》たねえんじゃねえのか」

立ち上がった鷹臣が、呆れたように足元を見下ろす。

タクシングって、飛行機が陸上を走行するあれか。塔野の肩を引き寄せた鷹臣に、遊馬が痩せた眦を吊り上げた。

「誰が童貞すか！　俺の初めては、予定通り未尋さんに受け取ってもらったんで。言ってみれば俺は未尋さん専用の専属ちんぽって奴す」

「塔野。俺のもんになるって一言言えば、こんな品がねえ上に執念深ぇ童貞野郎の面二度と見ねえですむ場所に連れて行ってやるぜ？」

「黙れ二人とも！　それ以上神聖な校舎で下品な話をしたら、窓から指輪を投げ捨てるぞッ！」

童貞だの射精だの新婚旅行だの、これ以上教室で恥ずかしげもなく口にするのはやめてくれ。両手に顔を埋めてしまいそうになった塔野の頭上に、のんびりとした声が落ちた。

「島にでも連れて行く気なのか」

意外そうな響きに、ぎくりとする。

鷹臣よりも落ち着いて、遊馬よりもやわらかな声だ。視線を上げなくても、誰かは分かる。

「軍司先生…」

大きくどよめいた教室を一瞥《いちべつ》し、白衣の教師が扉をくぐった。

薄墨を流し込んだような、暗い色の眼をした男だ。間近から覗き込んだなら、そこに凍えるような紺色が混ざるのが見て取れるだろう。だが、そうすることを許される人間は稀だ。眼鏡に覆われた双眸をわずかに細め、志狼が塔野へと歩み寄った。

「島ってなんすか」

驚いたように、遊馬が形のよい眉を引き上げる。

「違うのか？　鷹臣が初めてのボーナスで買った物件に、塔野君を連れて行ってやるって話かと思ったが」

志狼に視線を向けられても、鷹臣は顔色一つ変えはしない。代わりに声をもらしたのは、塔野だ。

「まさか君、島を持ってるのか」

塔野が育った家庭も、十分に恵まれたものだとの自覚はある。だがプライベートジェットや大粒のダイヤモンド、あまつさえ島を買うだなんて話題は日常のものとは言いがたい。以前へリコプターを利用して移動することにも驚かされたが、鷹臣たちの生きる世界はあまりにも次元が違いすぎるのだ。

これが、アダムたちの水準なのか。いや、アダムのなかでも、彼らは間違いなく特別だ。

感心よりも衝撃に目を丸くした塔野を、どう理解したのか。不思議そうに、鷹臣が首を傾けた。

「興味があるのか？　いいぜ。お前が気に入るなら、島でもなんでも好きなだけくれてやる」

くれてやるって君、昼ご飯のおかずを話題にしてるんじゃないんだぞ。

二の句も告げない塔野にこそ、鷹臣は驚いているらしい。もしかしたら鷹臣にとっては、それこそ昼食程度の問題なのか。いやそれは大袈裟だとしても、特段評価されるべき贈り物だと考えていないことは明白だった。

「どんな気に入りのものでも、いや、だからこそ塔野君に差し出したいと思うのは当然のことだ」

頷いた志狼が、だが、と鷹臣たちが手にした小箱へと眼を向ける。

「だからと言って塔野君を困らせるのも、学生の本分を逸脱するのも感心はしない。お前たち、それはしまっておきなさい」

「先生…」

それとは、言うまでもなく鷹臣たちが握る高価な指輪のことだ。

ようやく、まともな意見を口にしてくれる者が現れたのか。安堵の息をもらした塔野を、深く体を折った志狼が覗き込んだ。

「愛するイヴの薬指を自分が贈った宝石で独占したいと思うのは、アダムの本能のようなものではあるがな」

微かに笑う、双眸の近さにぎくりとする。

理知的な目元に滲むのは、地に足が着いた男の余裕だ。同時にそれは、拭いがたい官能でもある。

官能、と、そんな言葉を意識した自分自身にぎくりとした。動揺に揺れた塔野の指を、志狼の手が掬う。あ、と声を上げた時には、そこに光る指輪が収まっていた。

「な、なにするんですか、先生…！」

左手の、薬指だ。ほっそりとした塔野の指で、澄んだ緑色の宝石が輝いていた。エメラルドだろうか。いくらか青味がかって見える四角い宝石が、艶やかな光を弾いた。

「ああ、すまないな。私こそ本能に負けてしまったようだ」

全く悪びれた様子もなく、ふふ、と笑った志狼が指輪が収まる薬指を撫でた。

くすみのない緑色は、神秘的でうつくしい。だがなにより驚くべきは、その大きさだろう。鷹臣や遊馬が差し出したダイヤモンドも大きいが、塔野の薬指で輝く緑とは比較にならない。それこそ本当に、飴玉みたいだ。

「ちょ…、本能って…」

まともな大人だなんて、一瞬でも考えた自分を殴ってやりたい。慌てて指輪を外そうとした塔野の指を、厳つい手が掴み取った。大きな、大人の男の手だ。

「よく似合ってる」

唇へと吹きかけられた低い声に、教師らしい行儀のよさは探しようがない。

粗雑な響きを隠さないそれこそが、志狼の本質なのか。にた、と笑った唇の近さに、背筋がふるえた。

「先…」

志狼の体が作る影に、呑み込まれる。キス、されてしまうのか。みんなが注視する、教室で。

驚きのあまり瞬きも忘れた塔野の頭上で、鈍い音が響いた。

「ふざけてんじゃねえぞ、テメ」

「なにしてくれるんすか志狼さんッ」

拳を振り下ろした鷹臣に続き、遊馬が志狼に組みつく。我に返り、塔野にできたのは弾かれたように席を立つことだけだった。

「未尋さんっ」

幼馴染みが自分を呼んだが、立ち止まれない。男たちの腕と視線とを振り払い、塔野は昼休みの教室を後にした。


「うっそ、やだ三人とも超大きい……！　こんなおっきいのはめてもらえるなんて、塔野君たら羨ましすぎ！」

はめてもらうって、確かにはめるものですが、でもなんでそんなに紛らわしい物言いなんですか。

うっとりと溜め息をもらした女医に、塔野は反論の言葉もなく肩を落とした。

「……大きければいいって問題でも、ないと思うんですが……」

「確かにそうね。自分の見栄のために、ただおっきければいいなんて考える男は駄目ですよ。でも、じゃあおっきいのが嫌いかって聞かれたら、私は嘘はつけないわね」

朗《ほが》らかに応《こた》えた女医が、きらきらと光る目で塔野を見る。

「で、塔野君はどうなの？　どれが一番お気に入りなのかしら」

気に入りもなにも。

放課後の保健室で、塔野は苦すぎる唸りをもらした。

若くうつくしい女医は、特別プログラムの実施に当たり、この学園に赴任してきた者の一人だ。プログラム全体の管理を担う志狼を補佐し、時には教壇に立つこともある。主たる役割は参加者の健康管理で、塔野は頻繁な面談を義務づけられていた。おおらかでさっぱりとした女医は魅力的な人物だが、果たしてこの会話はメンタルケアという名目に適うのだろうか。

「でもやっぱり一番を決めるなんて難しい話よね。みんなこんなにすごいんだし」

何度目かの溜め息をもらした女医が、改めて塔野の左手を覗き込む。

なんという輝きなのか。ほっそりとした塔野の薬指には、眩い光を放つ指輪が三つ、並んでいた。二日前の昼休みに競うように与えられ、その後強引に指へと飾られた指輪たちだ。

「サイズもぴったり。三人ともさすが抜かりないわね。それにこの輝き。クラリティも相当なんじゃないかしら」

最高グレードのフローレスでも驚きません。そう頷いた女医に、塔野の唇を重い呻きが越える。

「……高価《たか》いん、ですよね…」

分かりきった、でも直視したくない問題だ。声にした途端後悔した塔野に反し、女医が迷いなく首を縦に振る。

「そりゃあもう。ダイヤもすごいし、こんなおっきなアレキサンドライトも初めて見たわ」

「…これ、光によって色が変わる石なんですね…」

「どの指輪も、一つが私のマンションと同額だって言われても驚かないかしら。宝飾品店でだって、これだけの作品には簡単に出会えないと思うけど」

改めて、ただでさえ痛む胃がずしりと重くなる。いや、それ以上に薬指が重い。女医がどんな部屋で暮らしているか知る由もないが、彼女が飛び抜けて安価な物件に住んでいるとは思えなかった。うっすら予感はあったとはいえ、現実味を帯びた金額が頭を過り背筋が凍る。

「どうしたの？　塔野君」

「やっぱりこんなの…、着けてられません…っ」

薬指から指輪を引き抜こうにも、両手がふるえて上手《うま》くいかない。奥歯までもふるわせた塔野に、女医が大きく息を吐いた。

「駄目よ。外したら遊馬君は勿論、軍司君も先生もがっかりして泣いちゃうから」

「泣いてすむ話ならそれでいいじゃないですか…！」

「あらでもかわいそうじゃない？　それに結局はあなたにはめたくて…というかはめてもらいたくて余計に頑張るでしょうし」

全く、女医が達観する通りだ。

こんな高価なもの、絶対に受け取れない。差し出された指輪を前に、塔野は全力で首を横に振った。気に入るとか、気に入らないとかの問題じゃない。受け取れないんだ。

そう固辞したにも拘わらず、アダムたちはまるで聞こえないといった顔で我先にと塔野の薬指に自らの証を残した。

左手の薬指は、心臓に最も近い。そんな迷信から、アダムはイヴの薬指に指輪を贈ることに執着した。薬指にはめた指輪によって、互いの心臓を永遠に結びつける。お伽噺において、それはいつだって最高に甘ったるく幸福な結末として描かれた。

だが、現実は違う。

イヴにとって、薬指で光る指輪は呪いに等しい。

所有されたイヴであること、そしてその所有者がどれほどの力を持つのか。指輪の輝きは、禍々《まがまが》しいまでに全てを明示した。セックスによって施される、マーキングと変わりがない。

「私の立場で言えたことじゃないけれど、受け取ってあげるのも一つの手だと思うわよ？　みんな必死で求愛行動に励んでるんだもの。応えてもらえないまでも、受け取ってもらえたらそれだけで少しは落ち着くんじゃないかしら」

女医は簡単に提案するが、そんなこと絶対に無理だ。

鷹臣たちが自分へと差し出したのは、指輪だけに止《とど》まらない。精巧な細工が施された首飾りやカフスといった貴金属に、贅沢《ぜいたく》な旅行の誘い。寮に戻ればただでさえ上等な寝具が一新され、肌触りのよい絹の部屋着が用意されていた。ガウン一着の値段ですら教えられれば卒倒していたことだろうが、それでさえまだましな部類と言わざるを得ない。将来を共にするための邸宅の設計図や、そこに並べるに相応しい車たち、休日をすごすうつくしい帆船や、宮殿と見紛う別荘の権利書までもが、入れ替わり立ち替わり塔野の前に並べられたのだ。

君たちは、一体どうなってるんだ。

ここまでくると、圧倒されているのか呆れているのか自分でも分からなくなる。精一杯首を横に振

り続けたが、だったら指輪だけでも受け取れと凄《すご》まれた。

実際凄んだのは鷹臣で、遊馬は決意を固めた眼で懇願し、志狼は別荘の権利書を塔野の実家に持ち込むことをほのめかした。

こんなこと、脅しとして成立するのか。納得しがたい状況ではあるが、これ以上贈り物を積み上げさせるわけにもいかない。結局のところ根負けし、あくまでも預かるという形で三人から一つずつ指輪を受け取ることとなったのだ。

「そんな顔しないで塔野君。あなたが望んでない以上、なにを贈られても大変なだけなのは分かるけど。でもこれってあれよね。かぐや姫みたい」

「…無茶な要求を突きつけて、婉曲的にお断りしてるのに空気を読まず食い下がってくるところがですか？」

そもそも僕は、婉曲どころかきっぱり声を大にしてお断りしている。そもそも何一つ、強請《ねだ》ったりはしていない。思わず毒々しく唸れば、女医がからからと笑った。

「やだ手厳しい」

先生、他人事すぎるんじゃないですか。そう思いはするが、下手に説得を試みられたり、イヴらしい振る舞いを押しつけられるよりは断然ましだ。深い息を吐いた塔野の右手側で、不意にがちゃりと扉が開く。

「終わったすか？　面談」

のんびりとした、だが張りのある声が保健室に響いた。

まるで、太陽が飛び込んできたみたいだ。明るい色をした遊馬の双眸が、塔野を映して輝いた。

「あら、遊馬君。塔野君のお迎えかしら」

女医の指摘通り、扉をくぐった遊馬は二人分の鞄《かばん》を抱えている。

これまでに、何度も目にしてきた光景だ。生徒会の用件で遅くなった塔野を、遊馬は度々鞄を手に迎えに来てくれた。

「彼氏なら当然っしょ」

以前と同じ屈託のなさで笑った遊馬に、女医が思わずといった様子で唇を綻ばせる。人好きのする遊馬を前にすれば、誰だってそうなるのだ。一回り引き締まった遊馬の体軀を仰ぎ見て、女医が目を細めた。

「顔色も随分よくなったみたいね、遊馬君。体調はどう？」

「あざす。プログラムに復帰できるっぽいんで、絶好調すよ。未尋さんと結婚できたら、もっと健康になれると思うす」

顔全体で笑う遊馬は、人懐っこい幼馴染みそのものだ。快活でおおらかで、誰に対しても分け隔てがない。だがその口から飛び出す言葉は、到底可愛《かわい》い弟分のものとは言いがたかった。プログラムへの復帰など、望むべきではない。思い直してくれと声にしようとした塔野へと、遊馬が携えていた書類を差し出した。

「あ、そうだ未尋さん、これ」

「…なんだ、宿題か？」

寄越《よこ》されたのは、手触りのよい黒いファイルだ。宿題に、手を焼いてでもいるのか。遊馬は極めて高い集中力を持つ、優秀な生徒だ。だが勉強熱心とも言いがたい。面倒がる遊馬と机を並べ、宿題を片づけたことは何度だってある。ついいつもの習慣でファイルを受け取った塔野に、遊馬が笑った。

「や、別荘す。未尋さん、不動産に興味あったみたいだから」

はい、と手のなかのファイルを開かれ、言葉を失う。

収められていたタブレットの画面からこぼれたのは、幻想的な緑と澄んだ青色だ。深い森と、鏡のような湖。絵本のなかから抜け出したような古城が、大判の画面一杯に映し出されていた。

「ま、待て、遊馬。あれは興味とかじゃなくて、びっくりしただけだ」

ことの発端がなにかは、すぐに理解ができた。先日、志狼が口にした島のせいか。

「俺、今まで不動産ってあんま興味なかったんすけど、言われてみると悪くねえなと思って。鷹臣さんの島がどんなか知らねえけど、未尋さんとならこんなとこもよさそうでしょ」

「軍司君、島持ってるんだ」

やだすごい、と呻いたのは女医だ。塔野の肩越しに画面を覗き込んだ女医に、遊馬が顔を上げる。

「最初にもらった稼ぎで買ったって噂すよ。本当に離島なのか、陸の孤島なのかは知らねえんすけど」

「あらそうなの。鷹臣君らしいというか、アダムらしいと言うべきか…」

確かにそれは、鷹臣らしくもありアダムらしくもある。

アダムは行動力、決断力に優れ社会においては常に人々の先頭に立つことを期待された。圧倒的な求心力を持つアダムの足元へは、誰もが進んでその身を投げ出す。

だが本来、アダムとは孤高の生き物だ。群れることや、世間の喧噪《けんそう》を嫌う者も少なくない。頑迷、という言葉は、昔から多くのアダムが冠《かん》されてきたものだ。

無論それらはあくまで通俗的な評価でしかなく、アダムの全てに当てはまるわけでもない。そもそも型にはめて考えること自体、無意味なのだ。それでも、思わず女医が口にしてしまうのも致し方ないことに思えた。

「俺は初めての稼ぎは、大好きな人への指輪を買いてえって思ってた口すけど、今は未尋さんと二人っきりになれる場所ってのも悪くねーなと思ってるっす」

機嫌よく笑った遊馬が、ファイルを支える塔野の手に手を重ねる。自分が贈った指輪を確かめ、濃褐色の双眸が笑みを深くした。

嬉しくて仕方がないと、とろけそうに笑うその色は塔野のよく知るものだ。同時に、そこに滲む男臭い艶は、見慣れないものでもある。はっとして手を引こうとした塔野の薬指に、遊馬が音の鳴る口づけを落とした。

「遊馬っ」

咎めた塔野を眺め、女医がほう、と息をもらす。

「遊馬君のそういうところも、ロマンチストなアダムらしいけれど」

「違うすよ、先生。アダムだからロマンチストなわけじゃなくて、未尋さん相手だから一生懸命になるんすよ」

大威張りな幼馴染みの口を、今すぐ塞《ふさ》いでやりたい。これが自分を話題にしたものでなければ、女医同様遊馬の熱意を微笑《ほほえ》ましく見守ることができたはずだ。だがこの状況で、手放しで喜べる理由など一つもなかった。

「いいか、遊馬。僕は指輪も不動産も欲しくない。こんなお金の使い方してたら、おばさんたちも心配するだろ」

「喜んでたすよ、うちの親。未尋ちゃんがお嫁にきてくれるの!? 最っ高ー！ って。むしろもっと使ってもっと頑張れって言われたす」

「な…っ」

なにを考えてるんですか、おばさん。遊馬の両親は、塔野にとってもよく知る存在だ。そんな彼らに遊馬との関係を後押しされる日が来るなど、夢にも思っていなかった。

「不動産じゃなくてもいいんすよ。他に欲しいもんがあるなら、それで。未尋さんが喜んでくれるなら俺、なんだって用意してえから」

「燕の産んだ子安貝とか？」

かぐや姫、と、先程自分が口にした言葉を思い出したのか。悪戯っぽく、女医が華奢な首を傾ける。

「それって古典の？ 高い所から落ちて大怪我《けが》するやつ？」

遊馬が瞬く通り、燕が産んだ子安貝は古典の教科書に登場する無理難題の代名詞だ。

「怪我どころか、死ぬな」

戸口に落ちた声に、ぎくりとする。ぬっと突き出された腕が、振り返ろうとした塔野の腰に絡んだ。

「軍…っ」

引き寄せられ、どん、と厚い胸板に体がぶつかる。苦い煙草の匂《にお》いが鼻先に触れ、声がもれた。最近では喫煙している姿を見かけないが、肌や衣服に染みた匂いは簡単には抜けないのだ。学生にあるまじき匂いを纏うのが誰なのか、振り仰ぐまでもない。

「あらやだ、確かに軍司君が言う通りね。蓬莱《ほうらい》の玉の枝くらいが無難だったかしら、それでも軍司君たちほどの財力がない限り、普通のアダムじゃ支払い不能に陥りそうだけど」

唐突に現れた鷹臣を見上げ、女医が可憐な唇を右手で覆った。

遊馬も十分に長身だが、鷹臣の上背はそれに勝る。黒々とした影が、塔野の痩軀を頭から呑み込んでいた。

大きな木製の薬棚や寝台が並んでいてさえ、保健室は狭さを感じさせない。それにも拘わらず、遊馬と鷹臣とが並び立つと途端にちいさく世界が押し潰されたような錯覚があった。

「それでお前が俺のものになるんなら、蓬莱の玉の枝どころか株ごと用意してやるぜ？」

耳殻の真上に、響きのよい声が落ちる。

ぶるっと肩をふるわせた塔野に、幼馴染みの腕が伸びた。

「俺は龍の首の珠じゃなく、未尋さんのためなら鷹臣さんや志狼さんのタマだって取る覚悟があるすよ」

濃褐色の双眸が、臆することなく鷹臣を睨《ね》めつける。

遊馬は年長者に対し、無闇に食ってかかる男ではない。そんな幼馴染みが、塔野を挟んで真正面から鷹臣に牙《きば》を剝いた。

「よせ、遊馬」

窘めた塔野を腕に抱き、鷹臣が胸の隠しを探る。警戒を露《あらわ》にした遊馬の眼前で、鷹臣が取り出したのは銀の小箱だ。

もしかして、また指輪なのか。

あんなに断ったのに、一体なにを考えているんだ。唸ろうとした塔野に、鷹臣がうつくしい小箱を突きつけた。

「今度こそお前に相応しいものを持ってきたぜ。食らいな。俺の愛情表現を」

なんだそれ、おかしすぎるだろう色々と。声にならない塔野の隣で、女医が歓喜の悲鳴をこらえて目を輝かせた。

どんなにすごいものが、入っているのか。期待にあふれた視線が、緻密な細工が施された小箱へと注がれる。

「……しょぼッ」

ぱかりと開かれた小箱を覗き込み、低くもらしたのは遊馬だ。

確かに、収められていたのは指輪だった。だがそれは遊馬のみならず、女医の期待にも応えられるものではなかったらしい。

簡素と、呼べばいいのか。なめらかな銀の指輪に飾られた宝石は、一つきり。赤く輝くそれはうつくしいが、しかし特別大きいとは言いがたかった。

塔野の薬指で光る宝石たちに比べてしまえば、残念だが明らかに見劣りがする。自分が贈ったものよりも、華やかな宝石が現れるものと身構えていたのだろう。予想を裏切る結果に、遊馬が胸を聳《そび》やかした。

「俺の勝ちっすね！」

「黙ってろ。選ぶのはお前じゃねえ」

低く吐き捨てた鷹臣が、塔野へと指輪を突きつける。

「さあ決めろ、塔野。どの指輪もはめたくねえってごねるなら、今すぐ別のもんをハメてやることになるがな」

指輪どころか、ぐ、と逞しい腰を擦り寄せられ、いやらしく揺すられた。

遊馬だけじゃなく、ここには女医もいるんだぞ。赤くなるどころか血の気が下がり、悲鳴を上げて後ろへと飛び退く。

「さ、最低だぞ軍司ッ！　脅して着けさせるようなものじゃないだろう」

「本当最悪す。脅してどうにかなるもんなら、俺のこいつも受け取って下さいよ」

大きく頷いた遊馬が、塔野が手にしたままのファイルを示した。それだけに留らず、遊馬もまた自らの胸の隠しへと手を突っ込む。お前まで、まだなにか取り出すつもりなのか。収拾がつかない有様に、塔野は唇を噛むと小箱へと手を伸ばした。

「分かった！　それでいい、その指輪でっ！」

その一番安価そうな指輪で、という言葉は辛うじて呑み込む。だって、他に基準なんてあるものか。どうせ預からなければいけないのなら、少しでも安価なものの方がいい。叫び、毟《むし》る勢いで自らの薬指からダイヤが輝く指輪を引き抜いた。

「俺の別荘も受け取ってくれるってことすよね？」

「駄目だ。預かる指輪は一人につき一つだけだ。万が一にもその不動産を受け取ることになるなら、遊馬から今預かってる指輪は返す」

ハート型のダイヤモンドが輝く指輪を示すと、幼馴染みの顔がくしゃりと歪んだ。素直な反応に胸が軋みそうになるが、ここで引くわけにはいかない。外したダイヤの指輪を掌にくるみ、塔野が鷹臣へと差し出す。

「軍司。そっちの指輪を…」

その指輪を、寄越してくれ。

促した塔野の意図など、勿論鷹臣は理解しているはずだ。だがまるで声など届いていないと言いたげに、見下ろされた。つんと、そっぽを向くのと同じだ。尊大な双眸に睥睨《へいげい》され、塔野はぎりぎりと奥歯を噛み締めた。

「……その、指輪を、…預からせて、下さい…！」

できることなら、あらん限りの罵詈雑言《ばりぞうごん》を投げつけてやりたい。

君、意地が悪いにもほどがあるだろう。それで愛情だの愛情表現だのなんて言葉、よく口にできたな。

心底腹が立つが、しかし背に腹は替えられない。喉元に食らいつく代わりに懇願を絞ると、鷹臣が右の眉を吊り上げた。

「どうしても鷹臣のそれが欲しいから、はめて下さいお願いします、だろ」

だからどうして一々、そんな言い方をするんだ。ぎっと睨《にら》みつけた塔野を満足げに見下ろし、鷹臣が銀の小箱から指輪をつまんだ。

傲慢な口調とは裏腹に、そっと塔野の手を取る仕種は恭しい。これも、嫌がらせの一環なのか。ぎゅっと唇を引き結んだ塔野を上目に眺め、鷹臣が指輪を通した中指へと唇を押し当てた。

「っ、君…！」

「愛情深すぎて声も出ねえか？　嬉しいだろ。希望通りハメてやったんだ。強請るのが下手なお前相手にな」

ことのなりゆきを見守っていた女医が、ほう、と深い溜め息をもらす。頬を染める彼女の視線から逃がれるよう、塔野は新しい指輪が収まった左手を握り締めた。

「信じらんねー。なに考えてんすか。そんなしょぼい指輪、未尋さんには絶対似合わねえし」

遊馬が眉を顰《しか》める通り、新しく薬指に飾られた指輪は他の二つに比べればこぢんまりとしている。

イヴを飾る貴金属は、それを贈った者の経済力を如実に語る。イヴを所有する者は、自らの力を誇示する手段の一つとして彼女たちを飾り立てることを楽しんだ。無論純粋に愛の大きさを示すためだけに、指輪を贈る者もいるだろう。そうだとしても、イヴにとって豪華な宝石が重すぎる枷《かせ》であることに変わりはない。

「負け犬の遠吠えか？　遊馬。塔野はこいつを選んだんだ」

「っ…」

俺の贈り物こそが、塔野の望みに適うものだ。そう示した鷹臣に、遊馬が歯を剝く。摑みかかるのか。危惧し、割って入ろうとした塔野の頭上で、校内放送を知らせる鐘が響いた。

「あら。生徒会関係者は、生徒会室に集まれですって」

放送に耳を傾けた女医が、遊馬を見る。

本来であれば、塔野も生徒会室に急がなければならない立場だ。しかし特別プログラムが始まって以来、負担の大きさを理由に生徒会への参加は免除されていた。欠けた塔野の皺寄せを受けてか、同じく生徒会に携わる遊馬は今まで以上に忙しそうだ。

「無視するのは、ちょっとお薦めできないわね」

女医が言う通りだ。特別プログラムは他の何物にも優先されるが、遊馬の復帰は検討段階でしかない。呼び出しに応えなくとも批難はされないだろうが、しかし候補者としての資質には傷がつくだろう。

「ッ…。そんな指輪よりもっと未尋さんに気に入ってもらえるもの、絶対ぇ見つけてくるから…っ！」

短い逡巡《しゅんじゅん》の末、遊馬が鷹臣を睨めつけ踵《きびす》を返した。雄々しく宣言した幼馴染みが扉の向こうへと消えても、ほっと息を吐くことはできない。逞しい鷹臣の腕が、塔野を摑んで引き上げたのだ。

「っちょ、おい…！」

距離を取ろうとしたが膝裏に腕を回され、視界が反転する。きゃあ、と、女医の歓声が保健室で華やかに弾けた。

「なにするんだ、軍司！」

「俺が側にいるのに、わざわざお前を歩かせるほど俺は薄情な男じゃねぇんでな」

暴れようにも、両足が浮いてしまえば落下の恐怖が先に立つ。軽々と痩軀を抱いた男が、用はすんだとばかりに女医に背を向けた。小柄とはいえない塔野を抱えていてさえ、鷹臣は足元をふらつかせもしない。みっしりと筋肉を纏った背を真っ直ぐに伸ばし、男が保健室を後にする。

「ば…っ。薄情かどうかの前に、僕が荷物じゃないことを思い出してくれ！」

思いの外大きく響いた制止の声に、廊下を行く生徒たちが振り返った。

そうでなくても、長身の鷹臣はよく目立つ。顔を上げ迷いなく歩む男に、上級生が弾かれたように道を譲った。

塔野を抱えていなくとも、鷹臣に対する周囲の反応は似たようなものだ。威風堂々と進む鷹臣を、無視できる者などいない。

いくつもの視線が突き刺るが、なんと言っても鷹臣は生まれながらに将来を嘱望されてやまないアダムだ。息を呑んで見上げられることにも、露骨な耳打ちを交わされることにも慣れっこであるらしい。そもそも他人の動向というものに、関心がないのか。棒立ちになる生徒たちを威嚇することもなく、鷹臣が広い歩幅で大理石の床を踏んだ。

「思い知ったか？　俺の愛情ってやつを」

「だからこれのどこが愛情表現だ！　拉致の間違いだろっ」

「お前を攫って監禁するのも悪くはねえが、高校に残りてぇって言ったのはお前だからな。その希望を叶えてやってる俺は、全く健気で愛情深い夫だよな」

真顔で自画自賛した鷹臣が、回廊を奥へと進んだ。緑の葉を茂らせる藤《ふじ》の立木をくぐり、回廊を抜けて校舎を出る。どこに向かおうとしているかは、すぐに分かった。

薔薇《ばら》の生け垣が、目に映る。校舎の裏手にあるそこは、園芸部によって丹精されているちいさな庭園だ。日ごとに強くなる日差しが、オレンジの葉が作る影をくっきりと際立たせていた。

「健気が聞いて呆れるぞ、軍司！」

桃や檸檬《れもん》といった果樹の間を抜け、青々とした芝へと下ろされる。緑と日差しの匂いが近くなって、塔野は身をもがかせた。

「いいや、お前はつくづく幸運なイヴだぜ。そんな可愛げのない口を利くお前に、いくらだってつくしてやりてえと思う俺を夫にできるんだからな」

起き上がろうとする塔野の頭上を、大きな影が覆う。まるで、四つ足の獣だ。やわらかな芝へと塔野を転がした男が、歯を見せて笑った。

「君、やっぱり最初から間違ってる。つくすってのは…」

喚《わめ》いた塔野の唇に、唇が落ちる。真上から唇を塞がれ、呆気なく抗議を噛み取られた。

「んあ…」

ぴったりと重なった下唇のやわらかさに、背筋がしなる。もがいた膝を左右に開き、頑丈な体幹が足の間へと割り込んだ。そうされると覆い被さる鷹臣の重みが増して、押し出されるように息がもれる。

「っあ、軍…」

深く唇を噛み合わせ、体重を預けられるだけで痛いくらい強く鼓動が胸を叩いた。芝の匂いに混じって、鷹臣の肌の匂いが鼻腔《びくう》に届く。寝台に染み、塔野自身にも馴染みつつある匂いだ。煙草は勿論、他人の肌の匂いなど不快なものでしかない。そのはずなのに、ぬぷ、と口腔《こうくう》に舌を含まされると鷹臣の匂いが鼻に抜けてくらくらした。

そのまま、ざりりと舐め上げられるとたまらない。甘く舌先を吸われるたびに声がもれて、爪先が悶えた。

「…あ…」

首筋に、汗が噴き出す。

ふっとしめった鼻息が何度もぶつかって、その生々しさに喉が鳴った。

まさかこのまま、ここで性交するのか。

特別プログラムが始まる以前の塔野であったら、そんな発想自体抱きようがなかった。校内の、生け垣に囲まれているとはいえ屋外だ。そんな最低限の常識すら、特別プログラムの前では無力だった。

「や…」

呻いた塔野を、長い腕が引き寄せる。首の下へと腕をくぐらされ、掠れた声がもれた。

「熱はねえみてえだな」

互いの唾液にぬれた唇が、顎下に押し当てられる。そのまま鼻面を擦りつけられ、匂いと体温とを確かめるよう首筋に埋められた。

「あ、当たり前だ。体調は…」

体調は、悪くない。

先程の面談で、女医に返したものと同じ応えが口を突く。だが痺れた舌で全てを伝える前に、鷹臣がその先を打ち消した。

「昨夜《ゆうべ》、熱出してただろお前」

体をずらした男が、ごろりと芝生に肩を落とす。塔野の、真横だ。真後ろと言うべきか。頭の下に腕を敷かれ、横臥《おうが》した男に背中から抱き込まれた。

「なに、言ってるんだ…、君」

ぴったりと体を寄せてはくるが、鷹臣の手は制服のシャツを捲《まく》ろうとはしない。ぬいぐるみよろしく抱えられる姿勢にも、男の言葉にも驚いた。

発熱があったかと問われれば、心当たりはある。昨夜に限らず、苦痛は常に塔野に貼《は》りついているのだ。

男に産まれたイヴが、女性の生殖機能を得るのは生半可なことではない。文字通り、体が作り替わるのだ。なかったはずの臓器が作られ、あるいは未発達のまま休眠していたものが活動を再開する。それまでほとんど主張してこなかった体の一部が、十七年近くかけて発達した他の器官に追いつこうと、短期間で成長を始めるのだ。

痛まないはずがない。

君はイヴだと告げられたあの日に前後して、内臓を脅かす痛みがじわりと塔野を苛《さいな》み始めた。特別プログラムに放《ほう》り込まれた衝撃と、現実に対処しきれない心労とが苦痛に拍車をかけた。体中の骨が軋んで、筋肉が悲鳴を上げる。急に身長が伸びた夏、胸郭がぎしぎしと痛んだあれと同じだ。焼けた火箸《ひばし》で内臓を掻き回されるような苦痛は耐えがたく、よくあんな体で授業に出席できていたものだと我ながら感心してしまう。

偏《ひとえ》に、弱味を見せることを恐れたからだ。

痛みを肯定してしまえば、自分を取り巻く悪夢もまた現実のものとなってしまう。その恐怖から逃れたい一心で、苦痛の全てに蓋をした。

そうした激痛も、今は一頃に比べれば随分と落ち着き始めている。移行期が一つの山場を越えつつあるのだと言われてしまえば、怯えずにはいられない。

だがのたうち回るほどの苦痛に見舞われる頻度が減ったとはいえ、痛みの全てが消えたわけではなかった。昨夜だってそうだ。

拭いがたい倦怠感に押し潰され、宿題だけ終えると崩れるように寝台に入った。鷹臣がいつ部屋に戻ったのかも覚えていない。

昨夜に限らず、退院後の鷹臣はひどく忙しそうだ。特別プログラムに参加するアダムは、山と積まれた通常の授業課題だけでなく、プログラムに関するレポートまでも数多く課されている。それに加え、鷹臣は学生の身でありながら家業にも関《かか》わっているのだ。入院中ですら、鷹臣の病室には連絡用の端末や資料が持ち込まれていた。

「一旦熱が引いたからって、過信すんなよ」

君の方こそ、と返そうとした塔野の頰へ、厳つい指が触れてくる。

そっと頰骨をくすぐり、瞼を撫でてくる動きに覚えがあった。

昨夜彷徨《さまよ》った浅い眠りのなか、塔野へと触れた手と同じものだ。筋が目立つ鷹臣の手は、日頃はいくらか塔野より体温が高い。だが発熱する頰を撫でたそれは、ひんやりとして心地好《よ》かった。

塔野より遅くに寝台へ辿り着いただろう鷹臣が、疲れていないわけはない。安定し始めているとはいえ、女王効果の影響だってある。それにも拘わらず、先に休んだ自分を叩き起こして性交するどころか、体調を気にかけてくれたのか。

驚きにふるえた鳩尾《みぞおち》に、大きな掌が重なる。腰へと回されていた鷹臣の左手が、薄い下腹を撫でた。

「君…」

性的な動きとは、違う。ひどく慎重に臍の上をさすられ、じわりと体温が染みた。あたたかい。昨夜は発熱に蝕まれ、十分に眠れたとは言いがたい。背中からも伝わる体温の気持ちよさに、忘れていた眠気がとろりと頭の芯《しん》をとろかした。

「少しでも辛ぇ時は言え。ここんとこ俺も立て込んでて、部屋空けることも多くて悪かったがな」

「悪かっただなんて、君の方がよっぽど忙しいのに」

なんで、君が謝るんだ。

イヴが性移行をする過程に、アダムの影響は皆無ではないと言われている。そうだとしても、塔野の体調に鷹臣が責任を感じる必要はまるでなかった。まして入院中ですら忙しくすごした鷹臣が、不在を詫びる理由など一つもなかった。

「僕は、大丈夫。昨日は少し疲れただけだ。それより君こそ体調は…」

大丈夫かと口にしようとして、舌が縺《もつ》れる。

大丈夫なわけがあるか。

あんなことが、あったのだ。

蘇る光景に、ぎゅっと冷たい痛みが心臓に食い込む。自分の目で見たものであっても、いまだ現実のものとは思えない。

冷たく太い鉄《くろがね》の矢が、鷹臣の左胸を貫いたのだ。

声さえ上げられなかった。

血を、止めなければ。それだけが頭を占めたが、塔野の両手は噴き出す血を掬うことすらできなかった。

軍司。

胸を貫かれ、膝から崩れ落ちた男は微動だにしなかった。当然だ。鷹臣が身に受けた苦痛が、いかに甚大なものであったか。

それこそ、死に至るほどに。

ぶるっとふるえた塔野の首筋に、あたたかな息が落ちる。やわらかな髪を掻き分けた鷹臣の鼻先が、のふりとうなじに埋まった。

「多少忙しいくらいで、俺がくたばると思うのか」

塔野が気遣ったのは、最近の多忙さについてだけではない。そんなこと鷹臣も分かりきっているだろうに、応える男の声はぞんざいだ。

「よかったな塔野。こんな頑丈で愛情深い俺を夫にできて」

「君って奴は…」

傲慢な物言いには、皮肉どころか笑いさえ混ざらない。真顔で告げただろう男を振り返ろうとした塔野の左手を、鷹臣が摑む。

なにを、と訝《いぶか》る前に、薬指を飾る指輪に触れられた。

「どうした」

思わず浮かべてしまった渋面を、男は見逃してはくれなかったらしい。抱き寄せた肩口に顎を引っかけ、覗き込まれた。

「…いや、これもきっと高価なんだろうと思って」

溜め息に混ざった苦さに、鷹臣が眉を吊り上げる。

ほっそりとした薬指で輝く赤い宝石は、派手な大きさこそないが艶やかでうつくしい。詳しくはないが、ルビーなのだろうか。ダイヤモンドに比べれば価格は低いのだろうが、だからといって安価と呼べるわけがないのは確かだった。

「ただの指輪だろ」

「ただなわけあるか。こんなもの身に着けて授業に出るなんて正気の沙汰じゃない。左手首から先を、金庫に入れておきたいくらいだよ」

可能であれば、本当にそうしたい。左手ごと塔野自身の目にも届かない場所にしまっておけるなら、どんなに楽だろうか。

「物騒だな。俺は左手首どころか、お前ごと金庫に入れておきてえが」

君の方が、よっぽど物騒じゃないか。肩越しに巡らせた視線の先で、暗緑色の双眸が瞬く。木もれ日のなかで目の当たりにすると、それは深い海の色のようにも見えた。

なんて眼だ。

薬指に注がれた鷹臣の視線には、一片の皮肉もない。そこに浮かぶ充足の色に、どきりとする。君は、こんな眼をする男だっただろうか。こんな、満ち足りた眼を。驚く塔野をぎゅうぎゅうと抱え、鷹臣が銀の指輪を撫でた。

「イヴに指輪を贈りたがるアダムなんて、阿呆だと思ってた」

声に籠もる感慨以上に、その光景が目に浮かぶようだ。

イヴを飾り立てることで自己満足を得る男たちの気持ちなど、鷹臣には理解できなかっただろう。むしろそうしたものから、鷹臣は距離を置くことを好んだはずだ。

「だが、お前の指に俺が贈った指輪があるってのは…、最高だな」

指輪から外された視線が、塔野を見る。

にっと笑った唇の形に、摑まれたままの薬指が跳ねた。

「軍…」

「なにより、嬉しいのは」

そう言葉を切った鷹臣が、恭しく薬指へと唇を押し当ててくる。

言葉通り、嬉しくて仕方がないと。衒いのない喜びに光る眼は、薬指で輝く指輪より余程眩い。

「なにより嬉しいのは、お前が自分でこの指輪を選んでくれたことだ」

歯を見せて笑った鷹臣に、抱き込まれた体がふるえる。

初めて見た。

全身で感情を現す遊馬とは違い、鷹臣ほど分かりづらい男はいない。その上、意地悪だ。そんな男が、こんなにもやさしい顔で笑うのか。

驚くと同時に、左の胸がきしりと痛んだ。

いや、嘘だ。初めてじゃない。

自分は、この顔を知っている。

僕の恋人になってくれ。勿論、本物でなくていい。

あの日、無茶な要求を突きつけた塔野に、鷹臣は深すぎる皺を眉間に刻んだ。だがその深さと同じだけ、結局はこれ以上ない手厚さで塔野を恋人として扱ってくれた。

演技なのだから、必要以上に気遣う必要はない。そんなこと明白であるにも拘わらず、人前であろうとなかろうと、自分に触れる鷹臣の手はやさしかった。

大切に、してくれていたのだ。

アダムとしての義務感からなのかと、そう考えていられたあの時の自分は最高に幸福で、許しがたく愚かだった。本当に、愚かすぎる。全てを示された今、どんな罰よりも明確に心臓が強く胸を蹴った。

「…っ」

顔どころか耳までもが、燃えるように熱い。ぐらぐらと頭の芯が揺れて、塔野は薄い背を丸めようともがいた。

「おい、塔野？」

かあっと首筋を染めたきり、声を失った塔野を不審に思ったのだろう。不思議そうに覗き込まれ、汗が噴き出した。

なんだ、これ。なんなんだ。

電源を落とすみたいに意識を遮断して、現状に対処できるまでの時間を稼ぎたい。そんなことを真剣に願うほど、恥ずかしさに脳味噌が煮えた。

どう考えても特別プログラムに放り込まれてから今日まで、色々なことがありすぎた。肉体の変化に追い立てられるだけでなく、血を流す鷹臣までも目の当たりにしたのだ。鷹臣が受けた苦痛を思えば、それがいかに不条理なものであれ、自分の痛みを声高に叫ぶ気にはなれなかった。

痛みの大きさを比べ、我慢すべきだと思ったわけではない。特別プログラムを憎む気持ちに変わりはないが、塔野のため投げ出さなくてもいいものを投げ出してくれた男に、これ以上ぶつける怒りはなかった。怒りどころか、自分の行動が招いた結末を思うと手足が冷える。

ぶるっとふるえた視界に、白い左手が映った。赤い宝石が、眩く輝く。

鷹臣は、やさしい。だけどそれに比べ、僕はどうだ。

僕は決して、この指輪が欲しかったわけじゃない。

大きなダイヤモンドが輝く指輪より、こっちの方がいくらか安価なんじゃないか。それだけの理由で、手を伸ばした。それにも拘わらず、鷹臣はこんなにも嬉しそうな顔で笑うのだ。

たとえようもない罪悪感に、叫び出したくなる。

「どうした、今度は急に大人しくなりやがって」

おかしな奴だな、と訝った鷹臣が、塔野の左手を引き寄せた。もう一度、キスされるのか。そう思った瞬間、考えるより先に両腕を突き出していた。

「…おい」

掌の向こうで、鷹臣が唸る。もがき、向かい合う形に身を捻ると、力任せに鷹臣の顎を押し返した。何故、唐突に暴れ始めたのか。気遣わしげに眉根を寄せた男が、あが、と口を開く。薬指に嚙みつかれそうになり、塔野は慌てて手を振りほどいた。

「や、やっぱり、駄目だ」

唇からこぼれた声が、滑稽なほど上擦る。

体温に馴染んでいたはずの指輪が、ひどく熱い。他になんの方法も思い浮かばず、塔野は銀の指輪に手をかけた。

「ごめん、軍司。受け取れない、こんなもの」

「…こんなもの？」

早口に告げた塔野に、男の眼がぎら、と光る。その意味を推し量る余裕すら、今の塔野にはない。

肘で上体を押し上げた鷹臣が、青褪《あおざ》めた塔野を覗き込んだ。

影のなかから見上げる暗緑色の双眸は、やはり深い海のようにうつくしい。まるで光を通さない、水底みたいだ。

君は、こんなものを贈る必要なんかない。僕のために、君らしくない甘い言葉を積み上げたり、ましてや血を流す必要なんかないんだ。もう少し冷静でいられたなら、もっと上手い言葉を見つけられただろう。だが混乱に呑まれるまま、塔野は鷹臣の胸元へと引き抜いた指輪を突きつけた。

「こ、こんなふうに、君に…」

「欲しいって言ったのはお前じゃねえか」

その通りだ。言わされたなんて、言い逃れはできない。ぎゅっと唇を引き結んだ塔野を、光る眼が見下ろした。

「…気に入らねえのか？」

低くなった声の響きに、弾かれたように首を横に振る。

「違う、そうじゃなくて…」

受け取る、資格がないんだ。こんな、最低な自分には。

言葉を掻き集めようとしたその時、羽音に似た唸りが上がった。鷹臣の胸の隠しで、携帯端末が着信を告げたのだ。無機質な振動に、塔野が動揺のまま体を起こす。

「電話、出てくれ。僕は、寮に戻るから」

鷹臣の携帯端末に届くものは、ほとんどが家業に関係する連絡だ。気軽にかけてくる者などいないのだから、緊急の用件なのは間違いないだろう。

これ以上、鷹臣に迷惑をかけてはいけない。その一心で立ち上がった塔野に、男の眉間が露骨に歪む。それでも、着信を無視することはできなかったらしい。携帯端末を手にした鷹臣を振り返らず、塔野は煉瓦《れんが》作りのアーチを抜けた。

先程まで熱かったはずの左手の薬指が、凍えるほどに冷たい。だがそれに触れる勇気もなく、塔野は寮へと急いだ。

丸天井から注ぐ光が、足元に淡い影を落とす。磨き上げられた革靴の下で、大理石の床が冷たい音を立てた。

石造りの校舎の内側は、夏の始まりを感じるこの時期でもどこかひんやりとしている。朝から曇天が続く今日などは、肌寒く感じるほどだ。制服の上着の上から、塔野はそっと二の腕をさすった。

三時間目の授業を終えた廊下は、生徒たちの喧噪であふれている。背筋を伸ばして進む塔野の痩軀を、いくつかの視線が振り返った。

露骨な口笛や揶揄は、一頃に比べれば鳴りをひそめている。だが注がれる視線に籠もる熱は、増すばかりだ。

いくらきちんと釦《ボタン》を留めネクタイを締めようと、絡みつく視線の全てを遮断することはできない。加えて今日は、左の薬指に無遠慮な視線が絡むのをまざまざと感じた。

先日の昼休みに塔野がどうやって鷹臣たちに取り囲まれ、なにを贈られたのか。日々広がり続ける噂によって、校内の人間の大半がその詳細を知っているのだろう。

駄目だと分かっていても、親指が無意識に左の薬指を撫でた。

さらりと乾いた皮膚以外、そこにはなにもない。

塔野を注視する視線たちも、薬指を飾る指輪の不在に気づいているはずだ。驚きと憶測とが、朝から校内に飛び交っている。

溜め息が込み上げるが、しかし本来であればもっと早くこうしておくべきだった。赤い宝石が輝く指輪を鷹臣に返したのは、昨日のことだ。女医が知れば、落胆の声を上げるだろうか。だがどんなに脅されようと、そもそも受け取っていいものではなかったのだ。

冷たい重みが、指輪たちを収めた胸の隠しから直接心臓へと突き刺さる心地がする。

昨日裏庭で鷹臣と分かれた後、塔野は遊馬たちから贈られた指輪もまた薬指から抜き取った。それらも、最初から受け取っていいものでなかったことは同じだ。

預かるなんてのは、言い訳にすぎない。今すぐ、返しに行かなければ。

決意は固かったが、それを実行に移すことはできなかった。

塔野を含め、特別プログラムの候補者たちは皆同じ寮で生活をしている。彼らのためだけに用意された寮はこぢんまりとしてうつくしく、裏手にはよく手入れされた庭までもが設けられていた。他のどんな寮よりも立地に恵まれたそこには、特別プログラムの関係者以外立ち入ることを許されていない。

暮らしている階こそ違うが、塔野が遊馬たちの部屋を訪ねることは可能だ。帰寮後すぐにそれぞれの部屋を訪ねようとしたが、昨日は二人とも帰りが遅く、ぶり返した発熱も手伝って起きて待つことができなかったのだ。

一晩明けた今も、二つの指輪はまだ塔野の手のなかにある。昼休みに、教室を訪ねるしかないだろうか。

厳重に胸の隠しへとしまったそれが、一秒ごとに重さを増す心地がする。同時に、胸に浮かぶのはもう一つの指輪のことだ。

昨日裏庭で見た、鷹臣の眼の色が忘れられない。

俺が贈った指輪がお前の指を飾るのは、嬉しい。そう笑った男に、自分は指輪を突き返した。あの瞬間、鷹臣の眼に滲んだのは怒りではない。

落胆だ。

輝く星が失墜するように、海原の色をした双眸が苦く歪んだ。あんな顔を、させたかったわけではない。

では、なにを。

どうしたかったのかと自分に問いかけるたび、氷の杭を打ち込まれたように喉が塞がった。

正しいか、正しくないか。そう考えるならば、指輪を返した自分の判断はきっと正しい。だけどあんなふうに混乱するまま、逃げ出してしまったのは最悪だった。

ちゃんと、謝らなければ。謝って、全部説明しなければ。でも、どうやって説明するんだ。そもそもなんと言って謝れば、鷹臣が自分の話を聞いてくれるのか。

応えを見つけられないまま息を絞ろうとして、塔野は背後から近づく足音に肩を揺らした。

広い歩幅は、その足の長さを如実に示す。迷いのない足取りに、塔野は思わずぎくりとして足を止めた。

「軍…」

細い声が、唇からこぼれる。

遊馬たちの帰りが遅かったように、昨夜は鷹臣の帰寮もまた遅かった。もしかしたら、部屋には戻らなかったのかもしれない。

鷹臣を待ちながら苦い眠りに落ち、朝目覚めた時にもその姿を見つけることはできなかった。登校した先の教室でも、同じだ。

校外に、出ているのか。

裏庭で受けた電話で、そのまま呼び出されたのかもしれない。様々に思い巡らせていたが、ようやく校内に戻ってきたのだろうか。

振り返った塔野の視界に、大柄な影が映る。引き締まった体軀は、よく知ったものだ。だがそれは、鷹臣のものではない。

「お待たせ、未尋さん」

濃褐色の双眸が、明るく輝いた。

「どうしたんだ、遊馬…」

自分と同じように、移動教室の途中なのだろうか。なにか約束をした覚えはなかったが、教科書も持たない幼馴染みが塔野に抱きつきたそうに両手を広げた。

「迎えに来たす」

「なにか問題でも起きたのか？」

機嫌よく笑った遊馬が、塔野の手を取る。習い性とは恐ろしいもので、幼馴染みに手を引かれればそれを振り払おうとは咄嗟には考えられない。教科書を支え直した塔野を、曇りのない眼が振り返った。

「や、全然。そうじゃなくて、授業が始まるから」

確かにもうすぐ、次の授業が始まる。どこへ行く気なのだと声を上げた塔野を引っ張り、遊馬がうつくしい手摺《てすり》りを持つ階段を上がった。鮮やかなタペストリーに見下ろされながら、左手に折れる。

「遊馬、ここ…」

並んだ扉を目にした途端、声がふるえた。

艶やかな木製の扉は、校内では特別珍しいものではない。だが博物学準備室のそれは、塔野には特別な意味を持っていた。

志狼が赴任して来るまでほとんど使われることのなかったそこは、塔野が特別プログラムの始まりを告げられた場所でもある。

「待たせて悪かったす。…って、待っててくれたって思うのが俺の願望だとしても、嬉しいす。ようやくプログラムに復帰できて」

ぶるっとふるえた塔野の指を、遊馬が強く握った。

「あれはまだ検討中のはずじゃ…、それに、来週からって」

「俺の体調も回復してきたから、だったら一度試してみるかって話になったみたいで。復帰できるなら俺にとっちゃ、細かいことはどうだっていい話なんすけど」

からりと笑った遊馬の眼が、塔野を捉える。邪気のない、真っ直ぐな眼だ。

なんの迷いもない幼馴染みの双眸は、澄み渡った湖水を思わせる。生命の生息すら拒む真水の輝きが、塔野を映した。

「戻ってこれて、最高に嬉しいす」

心底から告げた遊馬が、博物学準備室の扉を開く。天井にまで届きそうな窓と、その向こうに広がる灰色の空とが視界を覆った。

「軍司先生…」

窓を背に立つ志狼が、驚きもなく塔野を迎える。指輪を返す好機だと、そんな楽観的な考えは無論頭を過りもしなかった。足を踏み締め入室を拒もうとした塔野を、遊馬が促す。

「授業を始めるとしようか、塔野君」

教師然とした声で告げた志狼が、瀟洒《しょうしゃ》な衝立《ついたて》を押し退けた。その向こうにあるものがなにか、覗き込むまでもない。

真新しい敷布が延べられた寝台が、否が応でも目に飛び込む。遺物収納箱が並ぶ部屋にはあまりに不似合いなそれは、プログラムの始まりと共に塔野を迎えたものだ。

ぎゅっと胃が萎縮して、ふるえる足で踵を返そうとする。その視界を、大きな影が遮った。

「軍司…」

どん、と重い衝撃を伴って、厚い胸板に体がぶつかる。すぐ後ろに立っていた男の双眸が、自分を見下ろした。

軍司、君、登校していたのか。いや、いつからそこに。驚きが胸を撲ったが、同時に芽吹いたのは微かな希望だ。鷹臣にとっても、プログラムへの遊馬の復帰は歓迎できないはずだ。この状況に抗議してくれる者がいるとすれば、鷹臣だけではないのか。

助けてくれ。

虚勢も張れず訴えようとした塔野を、暗緑色の双眸が見下ろした。

「好きだ。塔野」

日の前の唇から放たれた言葉に、呼吸が止まる。

胸に刃物を突き立てられでもしたように、足元がふらついた。

「糞真面目で融通が利かねえお前のことが、一年の頃からずっと好きだった」

男らしい唇が、動く。

ちらりと覗く歯が、舌が、全てが齣《こま》送りのように網膜に焼きついてぐらぐらと視界が揺れた。何故、今。驚きと、場違いなほどの動揺に心臓が軋む。咄嗟に口を開くこともできなかった塔野を、瞬くことのない眼が見下ろした。

「足りねえか？」

問う鷹臣の声に、請う響きが混ざる。

なに、が。声を上げようとした塔野を、骨張った手が摑んだ。

引き寄せられた左手の薬指に、キスが落ちる。今は全ての指輪が取り払われた指の腹を、男っぽい唇が辿った。その意外なやわらかさに、驚く間もない。大きく開かれた鷹臣の口が、塔野の薬指をがぶりと咥えた。

「あっ」

固い痛みが、食い込む。

まだ薄く残る鬱血《うっけつ》の上に、同じ歯が新しい環を刻んだ。

「君、なにを…」

「指輪でも、言葉でも足りねえって言うなら後はこいつしかねえよな」

嘲笑もなく告げた口が、べろ、と真新しい歯形を舐める。そうしながら逞しい腰を擦り寄せられ、引きつった声がこぼれた。ぐりっと押しつけられたその動きは、明確な意図を示している。

「俺の愛情がどんなもんか、ちゃんと伝わるよう口説いてやるぜ」

ふるえた体に、六本の腕が伸びた。

大きく口を開いているのに、上手く酸素を取り込めない。んあ、と呻くと、下腹が引きつって尻がふるえた。

「駄目すよ未尋さん、ちゃんとお尻上げてなきゃ」

幼馴染みの声が、塔野を窘める。

「力を入れるのは膝だけでいい、塔野君。アヌスはゆるめていなさい」

ぺちんと、横から伸びた手が尻を張った。厳つい、大人の男の手だ。痛みはない。だが高い音と不意の刺激に、あっ、と動揺が声になる。

「こいつのはもうケツの穴じゃねえって、何度言えば分かるんだ」

尻を打った志狼とは別に、ごつごつとした鷹臣の手が今度は丸く尻臀《たぶ》を撫でた。薄い尻の肉ごと横に開くように揉《も》まれ、充血した穴がにゅぐ、と歪んでしまう。

反射的に窄《すぼ》まろうとする穴を、三対の視線が見下ろしていた。下着まで奪われた痩軀を、隠す術はなにもない。博物学準備室の寝台にうつぶせに引き据えられ、塔野はふるえる尻を精一杯高く掲げさせられていた。

「そうだろ、塔野。でなけりゃ、こんなふうに受け止められねえはずだもんな。俺の愛情を」

白い尻を左上から見下ろす位置に、膝を折る鷹臣の巨軀がある。恥ずかしい場所に注がれる視線と息遣いの近さに、ひりつくような羞恥が肌を焼いた。

「んぅ、ぐ…」

「俺の、じゃねえでしょ。俺たちの、すよね。未尋さん」

鼻先で胡座を組んだ幼馴染みが、同意を求めて覗き込んでくる。応えられず唸れば、労る動きで髪を梳かれた。

「って、ごめん。未尋さんは今返事できねーか。俺の愛情を受け止めんのに忙しくって」

俺の、と強調した遊馬の声は、熱っぽく潤んでいる。ぅぐ、と呻いた唇の奥で、幼馴染みのペニスがびくびくっとふるえた。

「んぁ、お…」

「あー…、すっげえ気持ちイイ…、未尋さんの口んなか」

本当に気持ちよさそうに、遊馬が息を吐く。

よく知った、無防備な声だ。荒い息遣いも、嬉しそうな声も、これまでいくらだって聞いたことがある。だがそれは、こんな状況下で耳にしたものではない。こんな欲情にぬれた声など、プログラムが始まるまで何一つ知らなかったものだ。

「候補者から外されてた間、俺ずっと未尋さんとシた時のこと思い出して抜いてたんすけど、やっぱ本物の方が百倍気持ちイイし、百倍可愛いす」

甘ったれた嘆息と共に、我慢できないといった様子で腰を揺すられる。両手で左右から頭を支えられ、喉の奥を探るよう動かれると、怖いくらいの深さにまで亀頭が届いた。

「んんぁっ、う、ぐ…」

濁った声があふれて、息苦しさに背中が強張《こわば》る。いやいやと左右に揺れた尻を、今度は鷹臣の手がぺちんと張った。

「暴れるなって言ってんだろ。折角入れた卵が落ちちまうじゃねえか」

無骨な指が、咎める動きで尻の穴にもぐる。ごつん、と重いものがぶつかる衝撃に、塔野は目を見開いた。

「お、ぁ、ぐっ…」

押しちゃ、駄目だ。

ずっぽりと口腔を塞ぐ陰茎が、悲鳴を阻む。のたうつ塔野を見下ろし、入り込んだ指がぐる、と腸壁を撫でた。

「あっ、う」

刺激の強さに、下腹がへこむ。そのうねりに押され、直腸で固いものが動いた。

卵。

鷹臣が告げた言葉の残酷さに、冷たい汗が流れる。だが、その通りなのだ。

つるりとしたものを、節の高い指が直腸で転がす。

硝子でできた、丸い卵だ。過日、志狼によって示された形が脳裏に浮かぶ。

大きさは、本物の鶏卵より一回りちいさいだろうか。ずっしりと重みのある硝子の塊が、ローションにぬれ塔野の直腸に埋まっていた。

「もう出そう？　久し振りに俺のちんこしゃぶったら、我慢できなくなっちゃった？」

幼馴染みの手が、やさしく耳の裏を撫で首筋をくすぐってくる。

そんな甘やかすような手つきも言い方も、やめてくれ。

出会った日からずっと、遊馬の世話を焼くのは塔野の役目だった。そんな年下の幼馴染みに甘ったるくあやされると、立場ごと世界が逆転してしまった心地がする。

これ以上、僕にもこんなことにも関わるべきじゃない。そう訴えたくても、ペニスを口から押し出すことはできない。もがこうとする体がくねり、突き出した尻が恥ずかしく左右に揺れた。

「いくら注いでも我々の愛情を示すには不十分とはいえ、これはいささか詰めすぎたかもしれないな」

反省の弁とはほど遠い手つきで、志狼が鷹臣の脇からぬぶ、と太い指を押し込んだ。

「っう、ぁ、んんー…っ」

「もう随分下りてきてしまってるな」

卵の位置を確かめた志狼が、指に当たる硝子をこつこつと小突く。そうされると卵が更に奥にある硝子にぶつかり、重い振動が臍下にまで響いた。

一つではない。

男たちの手によって詰め込まれた卵は、一つきりではないのだ。

四つか、あるいは五つか。尻穴が呑む卵の数を数えるよう強要されたが、三つを超えた頃にはよく分からなくなっていた。

最初に卵に手を伸ばしたのは、鷹臣だ。

博物学準備室に引き入れられ、口づけられた。どうしてだ、軍司。そう声にしようとしたが、結局音になったのは悲鳴だけだ。六本の腕がそれぞれぞっとする器用さで制服の釦を外し、下腹をさすり、抗う塔野を寝台へと転がした。

その後は、これまでと同じ悪夢の続きだ。いや、今まで以上の熱意を込めて撫でられ、口づけられ、甘く嚙まれた。それだけではない。陽光を弾く硝子を眼前へと突きつけられ、塔野は声を失った。

嘘だろう。そんなこと。

ふるえた唇に代わる代わるキスを落とし、男たちは卵へとたっぷりとローションを注いだ。

愛情を示すには、うってつけの課題だな。

どこまでが皮肉で、そして本気だったのか。

笑いもせず顎をしゃくった鷹臣に、確信した。これは、脅しではない。指輪を突き返した自分を、男は許す気がないのだ。

待ってくれ。

言い訳を並べようにも、猶予は与えられない。

青褪めた塔野の危惧通り、鷹臣は迷いのない力で拡げた穴へと硝子を押し当てた。

冷たい塊がもぐる感触に、身震いする。前立腺に届くまでそれを押し込んだ指が抜け出ても、息をほどくことはできなかった。退いた鷹臣の指に代わり、幼馴染みの手が、そして志狼の指がローションにぬれた卵を摑んだ。

「産みたいか？　塔野君」

唆《そそのか》す志狼の声に、酸欠に霞みかけていた意識が引き戻される。

尋ねられるまでもなく、男たちの手で詰め込まれた卵はとっくに塔野の許容量を超えていた。ぎちぎちに詰められた硝子が、胃までを重く圧迫するようだ。蠕動《ぜんどう》に助けられ、直腸からあふれてしまいたそうに卵が動く。

一秒でも早く、楽になりたい。

下腹を苛む圧迫感と、亀頭に喉を塞がれる苦しさに頭へと浮かぶのはそれだけだ。いくら鼻で息をしようにも、圧倒的に酸素が足りない。

「んお…、あ…」

「おっと、本当に出てきてしまいそうだな」

覗き込んでくる志狼の言葉通り、苦しくて下腹に力が入ればそのなかの硝子が動いてしまう。こぼれる。どうしようもない恐怖に、爪先がぶるぶるとシーツを噛んだ。

「っう、あっ、ぐ…」

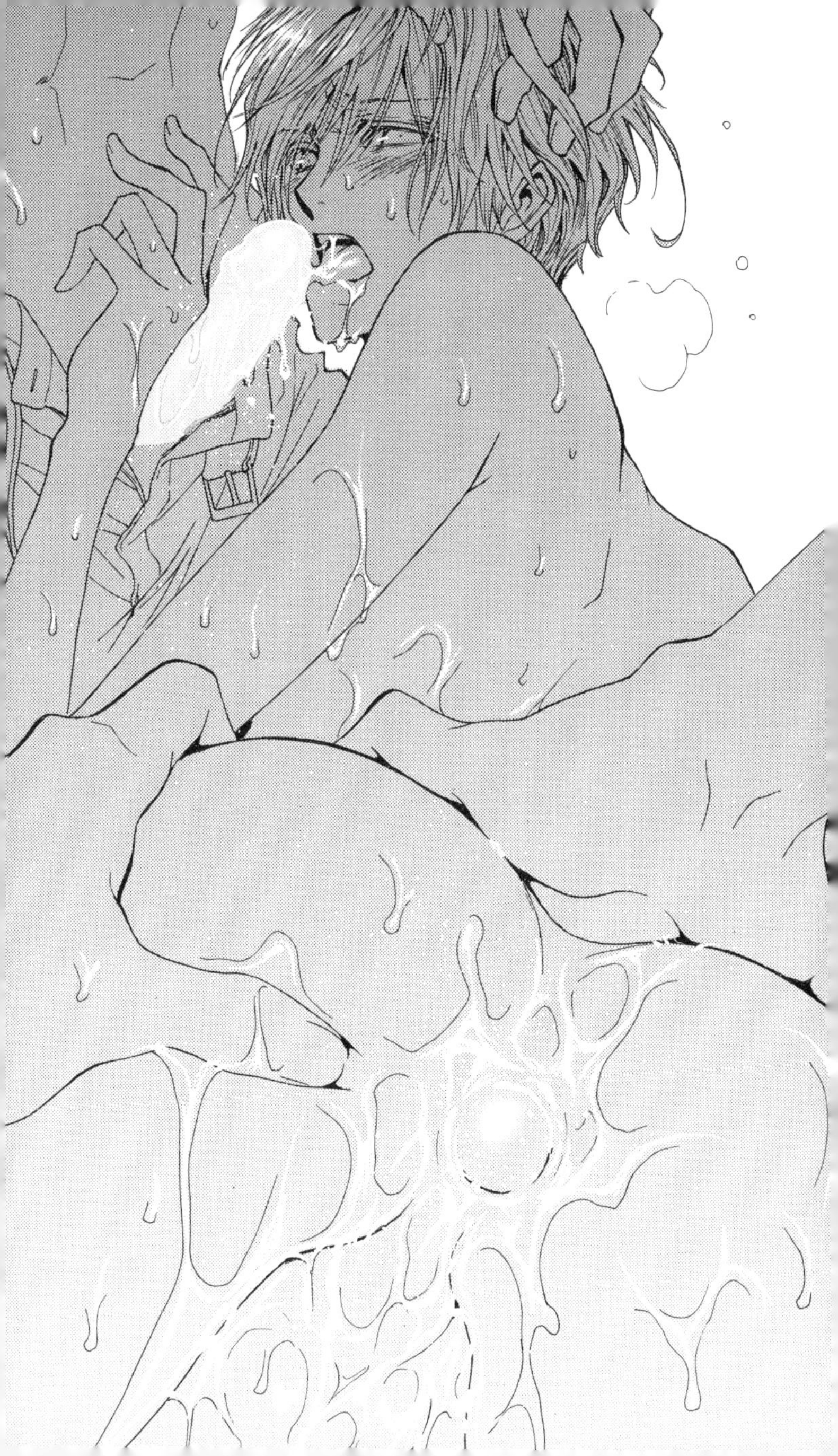

鷹臣が揶揄するように、その穴はすでにただの排泄器官とは呼べないのかもしれない。だが自分をセトの男だと信じて生きてきた塔野にとって、そこはやはり排泄器官でしかないのだ。そうでなかったとしても、硝子とはいえなにかを押し出す姿など人目に晒したいわけはない。

そう思うのに、括約筋を拡げる硝子の感触にぞくぞくと背筋が痺れた。舌で転がされる砂糖菓子みたいに、指先から溶けて崩れてしまいそうだ。解放への期待に膝が揺れて、鼻腔から苦痛と甘えが混じった呻きが抜けた。

「おい、勝手に産もうとする奴があるか。産みてえならちゃんと言え。鈍い俺にも分かるようにな」

叱《しか》った鷹臣の指が、今にも顔を覗かせようとしていた硝子を無造作に押し戻す。ごりっ、と前立腺を直撃した圧迫に、叫んだ唇からペニスがこぼれた。

「っは、が」

慌てて唇を窄めようにも、疲れきった顎は思うように動かない。べち、とぬれた音を立て、跳ね上がった陰茎が頬を叩いた。それに驚く間もなく、熱い飛沫《しぶき》が瞼に飛ぶ。

限界まで膨れていた遊馬の性器が、射精したのだ。

口腔に含んでいた時よりも濃厚な、雄の匂いが鼻先を覆う。びゅるりと勢いのある精液が顔に当たり、舌先が痺れた。

「っ…あ、未尋、さん…っ」

きつく目を閉じた幼馴染みが、熱い陰嚢《いんのう》ごと精液をこぼす陰茎を押しつけてくる。半開きの口腔にえぐみのある味が染みて、頬骨に裏筋がこすれた。

「が、っぁ、はっ、あっ…」

窒息しそうな匂いとその味以上に、流れ込んできた酸素に肺が軋む。大きく噎《む》せた塔野の背中を、あたたかな手がさすった。

「鷹臣が言う通りだ。意思疎通の大切さは、以前の授業でも学んだだろう？　加えて今日の課題においては、言葉にすることでこれが出産だと自覚が増す効果が見込める」

そんな自覚、欲しくない。そもそも僕と意思疎通を図る気があるなら、今すぐこんなことやめるべきだ。

叫びたいのに、咳き込むばかりで声にならない。代わりに、悶えた腹のなかでごろ、と卵が動いた。

「や…」

ぎゅうっと尻の穴に力が入れば、射精できてしまいそうな性感が下腹を擽つ。

志狼の言葉に頷きさえすれば、今すぐこの圧迫感から逃れることができるのか。誘惑に目元が潤んだが、それでも塔野は一層きつく奥歯を食い縛った。

「強情だな」

「そこが可愛いんじゃねえか」

真顔で応えた鷹臣が、再び顔を覗かせた卵をむにゅりと深く押し戻す。すっかり体温に馴染んだ硝子でごりごりと前立腺を押し潰され、爪先がシーツを掻いた。

「あっ、あー…」

おかしくなる。

悶える爪先を足首ごと掌でくるみ、志狼が汗ばんだ尻をちゅっと吸った。

「残念だが、もう一度最初からだ、塔野君。今度はちゃんと、言いなさい」

「ぁ、や…」

「頑張って、未尋さん。俺、お腹さすろっか？」

気遣わしげな幼馴染みの声に、悪意など欠片《かけら》もない。引きつる瞼を拭った遊馬の手が、ぞろりと胸元にもぐる。

「っ、遊…」

「手は使うなよ、塔野。腹に力を入れて、ちゃんと産むんだ」

低い声に鞭打たれ、つきんと鼻腔の奥が痛んだ。

絶対に嫌だ、そんなこと。

尻に力を入れてこらえようにも、すでに塔野の痩軀は疲れきっている。屈強なアダムたちに比べれば、塔野の体力など取るに足らない。視線を突き立てられ、緊張のなかでもがくとそれだけで息が切れる。がくがくと膝がふるえ、少しでも集中力が途切れれば硝子がこぼれてしまいそうだ。

「ひぁ…」

「我慢強いのはいいことだぜ、優等生」

背をくねらせ、懸命にこらえようともがく塔野へと鷹臣の腕が伸びる。

もう一度、押し込まれるのか。

ぞっと冷たい汗が背中をぬらし、気がつけば細い悲鳴が唇を越えていた。

「っあ、…出…」

「ん？　どうした塔野君。聞こえないぞ」

訴えた、はずだ。

屈辱にふるえた塔野の乳首を、遊馬の指がきゅっとつまむ。そんなふうに、引っ張るな。びりびりと強い痺れが背筋に浸みて、閉じられない唇から涎が垂れた。

「…や、っ、出、る…」

「違うでしょ、未尋さん。産むって言わねえと」

生意気な幼馴染みを、睨みつけることもできない。

産みたくなんかない。この体がどう変わろうと、僕にそんな機能が備わっていていいはずはないんだ。子供みたいに首を振り立てるが、聞き入れてくれる者は誰もいなかった。

「仕方ないな、塔野君。もう一度だ」

「ッ、あ…っ、駄目、産ま、れ…」

熱い痛みが、鼻腔を刺す。悲鳴じみた声を追いかけ、ぬれた息と粘膜が尻穴を撫でた。

「ひァ」

鷹臣の、舌だ。

直感した途端、背骨がとろけた。

尖《とが》らせた舌先が、卵の形に開いた穴を上下に、そして丸く舐める。思いがけないやわらかさで蠕動を促され、ぐぷ、と直腸がうねった。

「ああっ、駄…」

止める術もない。

出て、しまう。

硝子が落ちる恥辱と絶望に、心臓が冷えた。どっと涙があふれるのに、それと同時に全身を脅かしたのは乱暴なまでの開放感だ。

びりびりと舌先から爪先までが痺れて、鳥肌が立つ。

気持ちがいい。

頭を塗り潰すのは、それだけだ。快感を留めたくて、爪先がぎゅうぎゅうと丸まる。こんなもの、生理的な反応にすぎない。分かっているのに、混乱する脳がそれを強烈な性感だと誤認する。

いや、本当に誤認なのか。

どうしようもない気持ちのよさが足裏を舐めて、ぬれきった性器が跳ねた。たらたらと伝う腺液に構わず、ふるえた右手が下腹を覆う。

「っああ、あ…」

掌の下で、ごりゅ、と硝子の卵が動いた。

「ぁ、やっ、産まれ…」

ぷっくりと腫れた尻穴を内側から押し広げ、ぬれた卵がもう一つ、蠕動に負けて迫り出してくる。

見ないでくれ。声も出せずのたうてば、三対の視線が口を開く穴に突き刺さった。

「…あ、あぁ…」

こぽ、と音を立てて抜け出る感触に、泣き声がもれる。

「やべえ、未尋さんエロすぎ」

「偉いぞ、塔野君」

瞼へと吸いついた遊馬の唇が、そして志狼の声が、塔野を褒めた。

「ちゃんと産めたな、優等生」

「あ…」

ねろ、と労る動きで尻の穴を舐められ、体の芯からふるえが込み上げる。

こんなものが、授業であっていいわけがない。疑似出産なんてただの口実で、塔野の尊厳を踏みにじる以外に意味はないのだ。嫌というほど分かっているのに、手放しで褒められると圧倒的な安堵《あんど》に背骨が溶けた。

安堵だ。男たちは、決して嘲笑したりしない。自分がどんな無様な姿を晒しても、誰一人笑うことも、詰ることもしなかった。代わりに、甘すぎる飴をくれるのだ。

僕を追い詰めたのは、彼ら自身じゃないか。それは確かなことなのに、限界まで張り詰めたものをへし折られてしまえば、涙腺を硬く閉ざしたままでいることは難しかった。

「嬉しいぜ。お前が産んでくれて」

やわらかく力を抜いた鷹臣の舌が、閉じきることができない穴をぺちょ、と舐める。やめてくれ、そんな場所。悶えた塔野の尻を左右に拡げ、ぽっかりと開いた穴へと尖らせた舌が割り込んだ。

柔軟な肉が器用にくねって、充血した粘膜を丁寧に潤してくる。

「ひァ、あ、駄目…、それ」

ずっぷりともぐる舌に促され、奥に残る卵たちが直腸を下がった。もう、どこに力を込めればいいか分からない。助けるように舌を使われ、こぷぷ、と空気が潰れる音が鳴ってしまう。留める術もないまま、体温に馴染んだ硝子が一つ、また一つと時間をかけてシーツに落ちた。

「あ…、あぁ…」

目の前が、赤く濁る。

息をするのも苦しくて、体を支えていられない。ずる、と下がった尻に、背後から重い体が被さった。

「え…、あ、嘘…」

汗に冷えた塔野の肌とは対照的に、伸しかかる巨軀は火傷《やけど》しそうに熱い。

振り返るまでもなく、鷹臣の重みであることが分かった。目の前の大腿に縋れば、遊馬が不満そうに牙を剝く。

「おい鷹臣さん、未尋ちゃん嫌だってよ。今日まで散々好きにしてきたんだろ。そこ退いて俺と代わって下さいよ」

「我慢できずに、先に口を使ったのはお前だろう、遊馬」

窘めた志狼に視線を向けもせず、鷹臣が塔野の尻の割れ目に添って、ずる、とぬれた肉を擦りつけた。

勃起した、陰茎だ。疲れきった痩軀は、もう尻を突き出す姿勢を維持できていない。鷹臣は殊更低く腰を落としているわけでもないのに、反り返った陰茎はひくつく穴に苦もなく届いた。

こんなにも大きなものを入れられたら、どうなってしまうのか。

何度経験させられても、ぞっとする。ふるえた塔野の尻穴に、赤黒い陰茎が躊躇なく割り込んだ。

「ぃあっ…！」

浅く突かれ、具合を試すようにぐりぐりと腰を揺すられる。そうされるだけで、どっと強い性感が脳味噌を叩いた。

体中の産毛が逆立って、性器ごと腰骨がとろけてしまう。ぴゅっと、なにかが勢いよくこぼれ、塔野は声を上げた。

射精してしまったのか。

立て続けに与えられる衝撃に、脳が状況を処理しきれない。戸惑う塔野の性器を、腹側から伸ばされた手が包んだ。

「ひ、ぅあ、触っちゃ…」

「精液が混ざってはいそうだが、射精というほどではなさそうだな」

「イヴがいくら敏感だからって、ちんこ入れられただけで潮噴けちまうようになったわけ、未尋ちゃん」

大きく目を見開いた遊馬が、志狼を押し退け性器に手を伸ばしてくる。触れてくる強さも動きも、自分では何一つ制御できない。二人分の指で先端や裏筋を好きなように検分され、刺激の強さに腰が逃げた。

「やっ、待っ」

跳ねた尻を、今度は真上から陰茎で叩かれる。こちらに集中していろと、言わんばかりだ。べちん、と汗にぬれた大腿をぶつけ、膨れきった亀頭が深く腹を進んだ。

「ひっあ」

卵によって虐《いじ》められ続けた粘膜は、十分すぎるほどに感度を高められている。そんな場所をしっかりと鰓が張った肉でごりごりと摩擦されれば一溜まりもない。

気持ちがよすぎて、声が出た。

固く、体温のない硝子を詰められるのとはまるで違う。卵などより、前立腺を圧し潰して進む陰茎の方がずっと太くて苦しいはずだ。それなのに弾力のある肉で捏《こ》ねられると、腹の深い場所がぞくぞくっと痺れた。

腰から下が、そして脳味噌が、どろどろに溶け落ちてしまいそうだ。

深々と詰め込まれたペニスだけでも苦しいのに、再び唇へと擦りつけられた遊馬の匂いにも視界が回る。ころりと腫れた乳首を志狼の指に引っ張られ、逃がしようのない性感に何度も爪先が丸まった。

「あ…、ァ」

「っ、相変わらず、すげえ体だな…」

汗にぬれる背中に、舌打ちが落ちる。苦しそうに掠れた唸りは、同時にどうしようもなく気持ちよさそうだ。はあ、と大きく吐き出された息と共に、鷹臣の顳顬から伝ったのだろう汗が肩胛骨《けんこうこつ》に垂れた。

興奮、しているのか。

夜の校舎を走り回ってすら、鷹臣はほとんど息を乱さなかった男だ。それが自分の上で汗をこぼし、熱い息を吐き散らしている。突きつけられた現実の生々しさに、ペニスを呑んだ穴がぎゅうっと締まった。

「…ッ、てめ、手加減しろよ」

　腹筋に力を込めて耐えた男が、下腹をぶつける勢いで腰を突き出す。ごちゅ、と鈍い衝撃が臍下を撲って、塔野はふるえる指で下腹を庇《かば》った。

「ァ、だめ、強…、卵、が」

「まだ、奥に残っているな」

　尖った乳首を指で弾き、志狼が塔野の手に掌を重ねてくる。

「ひァ、や、割れ、ちゃう…っ」

　限界だと、そう思っていた深さを超え、亀頭に押された卵が奥に当たった。それ以上は、入ってはいけない場所だ。本能的な恐怖にもがいた塔野を、逃すまいと膝立ちになった鷹臣が追った。

　興奮の強さが、力の制御を危うくしているのか。きつく爪先を踏み締めた男が、ぐり、と大きく腰を回した。

「っあァ、深…」

「未尋さん、卵が割れちまわねえか、心配なんすよね。マジやさしい。俺が久し振りに登校した時も、本当に嬉しそうな顔してくれて超感激したす」

　うっとりと、遊馬が塔野の旋毛《つむじ》に唇を落とす。

「卵を大切に思えるのは、いい兆候だ」

　違う。こんなもの、大切なわけがない。

　薄い殻だけで守られた本物の卵ならともかく、硝子の塊が簡単に割れるものか。頭では理解しているのに、下腹を庇う手を退けられない。男たちの言葉通り、詰め込まれた卵を本当に守ろうとしているみたいだ。

「や…、駄目、だめ、突く、な…」

「割ったりするかよ」

こいつは、愛情の結晶ってやつだろ。

どこまで、本気なのか。はっと笑った鷹臣の息が、耳殻を齧る。不意の刺激にのたうてば、筋肉の塊のような胸板が薄い背を押し潰した。

「あっ、軍…」

ぶるっと、密着した体越しに重いふるえが伝わる。

射精、されているのだ。与えられた経験が、否応なく教える。吐き出されるものの量と熱さに、目の奥で光が爆ぜた。

「塔野…」

そんなふうに、呼ばないでくれ。

悶えた塔野の尻に体重を乗せ、上から突き刺すように全てを注がれる。

「よく頑張ったな、塔野君。君は本当に優秀な生徒だ」

こびりついた精液ごと志狼の指で涙を拭われても、瞬き一つ返せない。

体中が鉛のように重くて、心臓の音がうるさい。とろ、と下がった塔野の瞼に、遊馬が音を立てて唇を落とした。

「大丈夫？　未尋ちゃん。安心して。すぐ俺が汚ぇ精液掻き出してあげるから」

胡座を崩して身を乗り出され、え、と睫が揺れる。持ち上げようとした視線ごと、背後から伸びた腕が塔野を引き起こした。

「…んあ、っ、な…」

埋まったままの陰茎が角度を変え、ぐぷ、と繋がった場所で空気が潰れる音が鳴る。座位の形に持ち上げられ、硬い胸板が背中に当たった。あんなに吐き出したはずなのに、腹に留まる鷹臣の陰茎は萎えていないのか。みっちりと詰め込まれた肉の逞しさに、抱えられた体がしなった。

「あ…、手、軍司…」

放して、と訴えた唇を鷹臣の舌が舐める。

顎を摑んで引き寄せられれば、抗えない。首を捻る苦しい角度にも拘わらず、深く舌を伸ばして差し込まれた。

この唾棄すべきプログラムに放り込まれて初めて知ったことだが、口腔は塔野にとって怖くなるほど敏感な場所だ。そうでなくても男たちにいじり回された体は、どこもかしこも過敏さを増してしまっている。気持ちよくて、それが怖くて、舌を含まされた口腔どころか喉の奥にまで掻き毟りたいような痺れが染みた。

「んあ、あ…」

「伝わったか？」

ちゅうっと舌を吸われ、爪先が跳ねる。味蕾《みらい》を刺す微かな煙草の苦味にすら、唾液があふれた。

「俺の愛情は、十分伝わったか？」

繰り返されても、ぐらぐらと揺れる頭では上手く意味を理解できない。

こんなことが愛情表現だと、もしかして鷹臣は言うのか。痺れきった舌を動かす前に、逞しい腕が瘦軀を揺すり上げた。

「ひァっ、や、動…」

「まだ、十分とは言えない。そうだろう、塔野君」

真正面から降った男の声に、ぎくりとする。だらしなく開かれた足の間に、膝立ちになった志狼の体軀があった。捲《めく》れてつやつやした色を晒す穴を覗き込まれれば、悶えずにはいられない。だがそれ以上に、ベルトを外す教師の手つきに息が詰まった。

なにをする気だ。

捲れたシャツから覗く志狼の腹部は、見事の一言につきる。がっしりとした骨格は勿論、引き締まった筋肉の流れは白衣の上から想像させられるもの以上に逞しい。若く荒々しさが勝る鷹臣のそれに比べ、志狼の体軀には男臭い色気があった。

だがこの瞬間、塔野の視線を釘《くぎ》づけにしたのはそうした官能だけではない。

鍛えられた腹筋の下、臍に当たってしまいそうなほど反り返ったペニスの形にこそ声がもれた。

「な…」

ぎょっとして暴れようとした塔野の膝を、右手側から伸びた腕が摑む。

「狡《ずる》いすよ志狼さん！　今日まで俺ずっと我慢してきたんすから。どんだけ俺が好きか、今すぐ未尋さんに受け止めてもらわねーと」

体ごと間に割って入ろうとした幼馴染みを、志狼がにべもなく打ち払った。

「承諾できんな。折角塔野君が口で抜いてくれたというのに、頭に血が上ったままのお前に彼を任せられるか」

「俺が未尋さんのこと傷つけるとでも思ってんすか！」

興奮にその色を濃くした濃褐色の双眸が、ぎら、と光る。

「不可抗力だろうと、結果的にそうなっては困る。久し振りだから、塔野君の女王効果の影響も強く出ているんだろう。もう少し頭を冷やせ」

教師の声で窘め、志狼が鷹臣に抱えられた塔野の膝を一層大きく左右に開いた。志狼自身が作る影のなかで、にた、とその口元が笑う。

「私自身、随分待たされたんだ。こんないやらしい君を見せつけられてはどこまで自制できるか、怪しくはあるがな」

細められた眼の色に、ぞくっとした。

いやだ。

次に、なにが起きようとしているのか。悪夢のような記憶が、否が応でもその先を想像させた。

「や、ぁ、先生…っ」

「たくさんイキなさい、塔野君」

厳つい大人の男の手が、赤黒く反り返る志狼自身の陰茎を押し下げる。てらつく亀頭は、凶器も同然だ。塔野の肩越しに鷹臣と一度だけ視線を交わし、志狼が深く腰を落とした。

「…ああっ、やァ、あー…」

逃れようにも、鷹臣の陰茎に串刺しにされた体に自由はない。皺が伸びきるほど大きく拡げられた粘膜に、ぬぐ、と志狼の亀頭が押し入る。

無理だ。そんなこと。冷たい汗が浮く腿に鷹臣の指が食い込み、慎重に揺すられた。

「っひ、ァあ、や、むり、だからぁ…」

「頭に血ィ上ってんのは俺だけじゃねえでしょ。あんたらだって、未尋さんのこと泣かせすぎだっての」

苦々しい舌打ちをもらし、幼馴染みが寝台を鳴らして立ち上がる。その手が、悶える塔野の右手を引き寄せた。

「あ…」

「いくら未尋さんがエロくて可愛すぎるからって、怪我させせたらマジ許さねえっすよ」

歯を剝いた遊馬が、ずっしりと重い陰茎を掌に握らせてくる。ごつごつと血管を浮き立たせた肉に摩擦されても、振り払えない。みちみちと体を開かれる恐ろしさに、身動ぎだってできないのだ。

入ってくる。

一人の陰茎を受け入れるのすら、十分苦しい。そんな男たちのペニスを、二本も呑むなんてできるはずがない。そう思うのに、体重を乗せて押し込まれると膨れた肉同士が腹の底でぶつかった。

「や…、あ、止ま、ぁ、先、生…」

「そんな可愛い顔でお願いされると、益々《ますます》難しいな」

喉に絡んだ志狼の声が、鼻先を舐める。

はっ、と吐き出される息は、いつにも増して荒い。時間をかけて狭い場所を進むのは、志狼にとっても常以上の刺激と苦痛があるはずだ。あるいは、興奮が。

ふっ、ふぅ、と耳の真裏を鷹臣の呼気に焼かれ、腹の底が大きくうねった。

「…ひ、ァっ、駄目、あ…」

二度三度と小刻みに体を持ち上げられると、二つのペニスが思いがけない角度から奥に当たる。これ以上、掻き回さないでくれ。

もがいた体を、先に大きく突き上げたのは鷹臣だ。深さを確かめるよう前後に揺すられ、ぐり、と腰を回される。

「あぁ、軍、っひ…」

鷹臣の亀頭に精嚢を圧迫されながら、志狼の雁首に前立腺を引っかけられるとたまらない。ぎちぎちと穴を拡げる肉がそれぞれ違う動きで、塔野の弱い場所を虐めようと動いた。

「あっ、や、止ま、ぁ」

苦しくて、気持ちよくて、息ができない。

志狼の肩に圧され、鷹臣の胸板にぶつけられる痩軀は内側も外側ももうぐちゃぐちゃだ。どの刺激にも、身構えられない。溜まるばかりの気持ちのよさを二本の陰茎でごりごりと押し潰されると、目の奥で火花が散った。

熱い飛沫が何度もこぼれて、開きっぱなしの唇から涎が垂れる。これが、イヴの体なのか。敏感で柔軟性に富んだ、アダムのための肉体だと言われても呑み込みがたい。

「…ぁ、だめ、卵…」

無意識に腹へと伸びた指ごと、ゆす、と揺すられる。丸い硝子が深い場所を圧して、嘔吐感に近い衝撃が喉元にまで甘く届いた。

「安心しろ。産ませてやる」

約束した鷹臣の唇が、耳朶を齧って引っ張る。

「俺の愛情で、この腹を一杯にしてからな」

お前に伝わるよう、ちゃんと。

そう声を注がれ、悲鳴を上げたはずだ。ずん、と突き上げられる衝撃に、腹の底でぬれた音が鳴る。もう一度響いた悲鳴の甘ったるさを笑ったのは、誰だったのか。

額に、首筋に、唇に、数えきれない口づけが落ちた。


やわらかな日差しが、ものの輪郭を曖昧にする。清潔な寝具に体を預け、塔野は長い睫を瞬かせた。

「なにかあれば、内線で呼んでちょうだい。鍵《かぎ》はかけておくから」

「ありがとうございます」

細く返した塔野に笑みを深くして、女医がカーテンの向こうへと消える。

保健室の、寝台の上だ。

鍵が下ろされる音を聞きながら、塔野は深い息を吐き出した。

体中の筋肉が、ぎしぎしと軋みを上げている。

二時間目の授業の始まりを待たず、塔野を保健室に運んだのは鷹臣だった。

具合が悪いわけじゃないから、大丈夫だ。

硬い声で抗議しても、聞き入れられはしなかった。

昨日塔野たちがこの校舎を後にしたのは、何時だったのか。午後の授業に出席することもできないまま、博物学準備室の寝台に引き据えられていたのだ。

蘇りそうな記憶に、ぶるっと薄い肩がふるえる。

どうやって寮に連れ帰られたのかは、よく覚えていない。三人の男たちに世話を焼かれて自分の寝台に横たわったが、目覚めた今朝、塔野は部屋に閉じこもらず登校することを選んだ。

どんなに体と心が重かろうと、日常にしがみつく以外に自分を保つ術はない。平素と同じく授業に没頭していたかったが、結局は早々に保健室へと追いやられた。

昼に迎えに来るから、それまで寝ていろ。

傲慢に命じた鷹臣は、塔野を女医に引き渡すと居座ることなく踵を返した。勝手なことを。苦々しさに呻きがもれたが、鷹臣の判断はきっと正しい。

登校時、今朝はいつも以上に多くの視線が塔野を振り返った。塔野から漂う濃厚なアダムたちの気配は、敏感な者には動揺を誘うほどのものだったらしい。浮き足立つ周囲に神経を削られ、教室に残っていたとしてもあのまま授業を受け続けることは難しかっただろう。悔しいが、移行期をほぼ終えたとはいえ、塔野の体調は万全とは言いがたいのだ。

苦い息を絞り、寝返りを打とうとした視界に光るものが映る。

持ち上げた左手が、ずっしりと重い。

暗い緑色に光るアレキサンドライトが、ハート型のダイヤモンドが、そして血のように赤いルビーが、塔野の薬指で輝いていた。

「…こんなもの三つもぶら下げてたら、かぐや姫だって月まで帰れないんじゃないのか」

きらきらと光るそれらは、昨日男たちが改めて塔野へと贈ったものだ。

イヴにとって、薬指で輝く指輪は鎖に等しい。一つでさえ逃れがたいのに、豪奢《ごうしゃ》なそれが三つまでも薬指で光を弾く。

帝《みかど》の力を以てしても、かぐや姫を地上に留めることは適わなかった。彼女はいずれかの時点で自らが何者であるかに気づき、地上の全てを捨てたのだ。地上世界で最大の権力者として描かれる帝の手をも、彼女は振り切った。

そんな彼女でさえ、これほどの指輪を三つもはめられていては飛び立てまい。自分の想像を笑おうとして、塔野は薄い唇を引き結んだ。

「…っ…」

不意に、薬指に触れた唇の感触が蘇る。

昨日眠りに落ちようとする塔野の手を取り、鷹臣はその指に指輪を贈った。噛み痕に重なって輝く指輪を見下ろし、なにも言わず唇を押し当てたのだ。

遊馬にしろ志狼にしろ、それは同じだった。

なんで、あんなひどいことを。

分かりやすい愛情表現を求めておきながら、その証を突き返した塔野に腹を立てたのか。当然のことだ。だがそうであれば、殴り伏せこそすれ再び指輪をくれてやる義理はない。

俺の愛情が、伝わったか。

博物学準備室の寝台で与えられた鷹臣の声が、耳に蘇る。

寝台での出来事を、まさか男は本気で愛情表現だなどと考えているのか。あんなふうに扱うことが僕への、そしてイヴへの求愛行動だなどと。

嚙み締めた奥歯とは裏腹に、重い疼きが下腹を舐める。そんな自分自身にこそぞっとして、塔野は左手に指を伸ばした。

薬指に贈る指輪は、イヴを所有する者にとっては自らの力を誇示する勲章だ。

俺を、そして俺の指輪を拒むなど許しがたい。お前は俺に所有されたイヴでしかないのだと、塔野に思い知らせるためだけにこの指輪を与えたのなら、理解はできる。

だが。

だがそうだったら何故、君はあんな眼をしたんだ。

あんな、痛みに耐えるような眼を。

鷹臣は傲慢な力で塔野を摑み、戦利品よろしくその指に指輪をくぐらせたわけではない。

壊れものを扱うよう両手でくるんで、ぎこちなく金属の環を通された。押し当てられた唇を打ち払えなかったのは、身動ぐ力がなかったからだけだろうか。

真摯《しんし》とも呼べる唇の感触が肌を炙り、塔野はふるえそうな息を嚙んだ。

狡い。

あんな形で自分を好きにした鷹臣こそが、痛みを訴えるなんて許しがたいことだ。自らを奮い立たせるよう批難の言葉を掻き集めるが、鼻腔を刺す痛みばかりがひどくなる。

呻き、塔野は左手から指輪を引き毟った。体を起こした膝先に、一つ二つとちいさな金属が落ちる。

「…あ…」

拾い上げようとした指輪の内側で、なにかが光った。

覗き込めば、遊馬から贈られた指輪に華奢な文字が刻まれている。

「あいつ…」

刻印されていたのは、いくつかの英字だ。塔野の、そして遊馬のイニシャルだろう。

親愛が籠ったそれは、いかにも遊馬らしい。自分自身を躊躇なく晒け出す幼馴染みの笑顔が蘇り、塔野は強く唇を引き結んだ。

ふるえそうな指で、もう一つの指輪を拾い上げる。

今は深い緑色に輝くアレキサンドライトは、人工の光源の下では赤みを帯びた紫色に光った。神秘的なその宝石を支えるのは、時代がかった銀色の爪だ。環の内側に目をやっても、そこにはなんの刻印も施されてはいない。

「先生らしい、のかな」

志狼という人間を熟知しているとは言いがたいが、なにも彫られていない指輪は男の本質を示しているように思われた。指輪に輝く宝石《いし》こそが唯一の証であり、それ以上の言葉など必要がないのだ、と。

揺るぎない自信がそう物語るようで、苦い息がこぼれそうになる。同時に、掌に残ったもう一つの指輪から目を逸《そ》らすことができなくなった。

赤いルビーが飾られた指輪には、なにかが刻まれているのだろうか。

そんなこと、あの男がするわけがない。

それよりこんなもの早く片づけて、遠ざけてしまおう。そう思うのに、塔野は手のなかの指輪を確かめずにはいられなかった。

「…これ、って…」

なめらかな金属は、塔野の体温を吸って尚ひんやりと冷たい。

鳩の血《ピジョンブラッド》という言葉があるように、ルビーは深く鮮やかな色のものほど尊ばれた。鷹臣に贈られた指輪にはまる宝石も、まるで血のしずくのように赤い。それを支える金属の台座を辿った視線が、ふるえる。

「君は…」

君って男は、本当に分かりづらい。

目の前にいれば、罵ってやれただろうか。

分かりづらくて意地悪で、そしてやさしくなさすぎる。

思いつく限りの罵声《ばせい》を掻き集めるが、やはり上手くはいかない。

冷たい痛みが、左の胸に食い込む。それを打ち消す術を見つけられず、塔野は銀の指輪を握り締めた。


軽やかな囀《さえず》りが、頭上を横切る。

微かな花の香りを感じながら、塔野は青灰色《せいかいしょく》の石畳を踏んだ。

眩い日差しが、沈黙を穏やかに照らしている。二時間目の授業の終わりを告げる鐘は、まだ鳴っていない。擦れ違う人もいない静寂は、真夜中の校舎で感じたものとはまるで違った。

薔薇の生け垣を抜けて、古びたアーチをくぐる。緻密な計算が施された裏庭は、一幅の絵のようにうつくしい。無造作な様子を装って足元を飾るクローバーや、こんもりと茂るオレンジの葉の鮮やかさ。控え目に色づく紫陽花《あじさい》の初々しさまでが、庭園を完璧に飾っていた。

だがそんなうつくしさにも、塔野の視線が長く留まることはない。迷いなく石畳を進み、林檎の木が作る影の下で塔野はようやくその歩みを止めた。

「…なにやってんだ、お前」

低い位置から、不機嫌な声が上がる。

実際は、機嫌が悪いわけではないのかもしれない。だが腹に響く低音は、いつだって聞く者に特別な緊張を強いた。

暗緑色の双眸が、自分を見上げている。

太く育った幹に背中を預け、鷹臣が芝生へと両足を投げ出していた。長い手足をだらりと寛《くつろ》がせる姿は、木陰で体を伸ばす獣そのものだ。

「なにってそれは僕の台詞《せりふ》だろう。授業中だぞ」

「だったらこんな所うろついてねえで、保健室で休んでろ優等生。ひでぇ顔色だぜ」

大丈夫か、と唸るように気遣われ、視界が揺れる。

「……か…」

返したはずの声に、鷹臣が眉間の皺を深くした。

「あ？」

「大丈夫なわけ、あるか…っ！」

「だったら、なんで保健室にいねえんだ」

迸った声が、喉の奥を苦く刺す。目を逸らさず見下ろせば、男の双眸が鈍く光った。

痛みの、色だ。

この体に、鷹臣たちがどんな無理を強いたか。目の前の同級生は、無論忘れてはいないだろう。

塔野だって、忘れられない。

腰を上げようとした鷹臣を制し、塔野は胸の隠しへと手を突っ込んだ。取り出したハンカチから、銀色の輝きがこぼれる。

くるまれていたのは、指輪だ。塔野の薬指から外されたその輝きに、鷹臣が益々眉間の皺を深くした。

「こんな指輪を預かってるんだ。大丈夫なわけがあるか」

手にした指輪たちは、どれも溜め息がもれそうなほどうつくしい。

その一つ一つに、人生を狂わせるだけの価値があると言われても納得ができた。金額だけの問題ではなく、アダムが差し出す誓いの指輪に憧れない者はいないのだ。

「預けたんじゃねえ。お前のもんだ」

洞察力に優れた鷹臣のことだ。おそらく塔野が裏庭に立った時点で、左手に指輪がないことくらい気づいていただろう。そんな男に、塔野はそっと赤い宝石が光る指輪をつまんでみせた。

「軽々しく言わないでくれ。こんな大事なもの」

二度までも、同じ裏庭で指輪を突き返す気か。暗緑色の双眸に、剣呑な光が走る。それだけで、心臓が悲鳴を上げそうだ。だが倒れ伏すわけにはいかず、塔野はうつくしい指輪を光に翳《かざ》した。

「これ、なにかの日付だろ」

出し抜けな問いにも、鷹臣は瞬きすら返さない。

じっと自分を見上げる男に、塔野は指輪の内側を示した。

「彫ってあるのは、去年の日付だ。だから、君の誕生日だとかのわけはない。指輪の製造年かとも思ったけど、そうだったら君はこれを去年の春に作っていたことになる」

磨き上げられた指輪の内側には、いくつかの数字が並んでいる。

最初は指輪を識別するための、製造番号の類《たぐい》かと思った。それくらい特徴のない、数字の羅列に見えたのだ。

だが数字が年号ではないかと思い至った時、意味があるものだと直感した。昨年の、四月。鷹臣が指輪に刻むのだから、それは特別な日のはずだ。なにが。あるいは、どんな。

無視しがたい衝動に、気がつけば塔野は指輪を手に保健室を飛び出していた。

「なんだっていいじゃねえか」

「よくないだろう！　君が渡してくれた指輪に彫ってあるんだ。教えてくれ」

強請るというより、脅迫だ。

詰め寄る塔野に、鷹臣が広い肩を竦める。

「お前にも分かるようにか？　難しい注文だな」

皮肉で返した男が、制服の胸元に右手を差し込んだ。煙草を、取り出す気か。

最近はほとんど見かけなくなったとはいえ、喫煙は鷹臣の悪癖だ。咄嗟に、手が伸びる。大きく屈んで腕を摑むと、男が驚いたように双眸を瞬かせた。

まさか塔野から触れてくるとは、思っていなかったのか。短く瞬いた鷹臣を見下ろした時、塔野もまた息を詰めていた。

これとよく似たことが、以前にもあったのではないか。

言ってしまえば、当然だ。塔野は何度だって、鷹臣の喫煙を咎めてきた。この裏庭でもそうだ。

「……あ…」

細い声が、こぼれる。

何故この瞬間、それを思い出したのか。蘇ったのは、蕾《つぼみ》をつけ始めた林檎の木の下で、鷹臣を見下ろした日のことだ。

今日とは違い、肌に触れる空気が冷たい春先だった。あの日の鷹臣も、芝に足を投げ出し自分を見上げていたのではないか。

あれは、確か。

「よお、優等生」

記憶のなかの鷹臣が、低く揶揄《からか》う。

本当に、腹の立つ男だ。

太い幹に凭《もた》れる鷹臣の手には、火が点いた煙草が挟まれている。大儀そうに放り出された四肢は、高校一年生と思えないほど力強い。笑みもなく自分を捉えた男の口元に、見慣れない色があった。

まだ真新しい、傷口だ。

切れた唇の痛々しさまでが、男の容貌に精悍な艶を加えている。頬骨の上に浮く、紫色の痣《あざ》も同じだ。

見下ろす自分は、どんな顔をしていたのか。上目に塔野を捉えた鷹臣が、傷ついた唇へと煙草を運んだ。

「俺は、停学か？」

口元の傷に、染みたのか。煩わしそうに眉を顰めた男が、尋ねる。

自分の処分について口にしながら、とても興味があるようには思えない。実際目の前のアダムは、そんなこと微塵《みじん》も気にかけてはいないのだろう。

「校内に女性を連れ込んだり、それが元で上級生と揉めたり、揉めた挙げ句相手の寮に乗り込んで片っ端から病院送りにしたら、普通は停学じゃなくて退学だ」

自分で論《あげつら》っておきながら、辟易《へきえき》とした息がもれた。

難関校と名高いこの学園は、その規律の厳しさでも広く知られている。生徒には寮生活が義務づけられ、特別な許可がなければ外出もままならない。自治が行き渡った学内は上下関係に厳しく、塔野が挙げた例などどれ一つ取っても一大事だ。

だがそんなこと、まずは起こり得ない。誰もがそう思っていた。だが先週の終わり、騒ぎは起きたのだ。

「じゃあ俺は退学ってことか？」

相変わらず関心などなさそうに、鷹臣が煙を吐き出す。そうだと頷いたところで、男は動揺一つしなかっただろう。苦々しさに背を押され、塔野は鷹臣の口元へと手を伸ばした。

「確かに今すぐ、僕が君を処分してやりたいよ」

煙草を取り上げようとした手を、強い力が摑む。予想外の男の動きと握力に、ぎょっとした。引き寄せられるなんて、思っていなかったのだ。つんのめった体が崩れ、鷹臣の胸板にぶつかる。

「わ…」

火が点いた煙草に、当たってしまう。咄嗟にそう身構えた体を転がされ、背中から芝へと落ちた。空を仰いだはずの視界を覆ったのは、黒々とした影だ。

木陰で寛いでいたはずの獣が、次の瞬間には身を翻し獲物を補食する。それと同じだ。予備動作もなく塔野を組み敷いた強靭な体軀が、のふりと腰の上へと陣取った。

「そいつは、俺は停学も退学もなしって話か？　お前、学年主任から事情を聞かれたんだろ」

すぐ間近から、低い声が降る。

煙草の匂いが鼻先に触れて、塔野は露骨に顔を顰めた。

「勿論、聞かれたから証言したさ」

思いっきり背を反らし、蹴り退けようにも覆い被さる巨軀はびくともしない。もがく塔野など意に介することなく、鷹臣が訝る色を双眸に過らせた。

「だったら…」

「僕は、僕が見たままを話した」

先を制して吐き出せば、鷹臣の眉間が歪む。眉間どころか君、鼻のつけ根にまで皺が寄ってるぞ。

入学してすぐ生徒会への推薦を得た塔野にとって、目の前の男は実に頭の痛い存在だった。真新しい制服を着崩し、入学早々堂々と喫煙されれば風紀委員としては嫌でもそうなる。

煙草なんて、絶対駄目だ。

入学式から今日までの短い間に、何度鷹臣を注意したことか。そのたびに、男は珍しいものを見る眼で塔野を見下ろした。

目の上の瘤《こぶ》。

生意気で厄介なこの新入生を、生徒会役員は勿論上級生たちの多くがそう考えるのも無理はなかった。

「女性はここへ押しかけてきただけで、君が連れ込んだわけじゃない。上級生たちはそれを知っていて騒いだ。挙げ句、君を呼び出して返り討ちにされたんだ」

僕が知るのは、それだけだ。

ことの発端は、入寮した鷹臣を追いかけ外部から女性が侵入したことにある。厳密には自力では侵入しきれず、生徒の手引きによって塀を越えたらしい。その手引きをしたというのが、問題の上級生たちだ。

当然彼らは、親切心から女性を引き入れたわけではない。鷹臣が女性を寮に連れ込んだことを口実に、校則に則り、あるいは私刑によって彼に制裁を加えようとしていたのだ。

「僕は君を訪ねてきた女性が、校外に連れ出されるのを偶然見てたんだ。彼女、君に寮を追い出されたんだろ？　約束が違うって上級生たちに随分食ってかかってた」

全く、呆れてしまう。

外部との行き来を制限されている校内において、無断で部外者を入れることは勿論出すことも容易ではない。今回の一件に、上級生の、しかも影響力を持つアダムが関わっていたのは言うまでもないことだ。

「生徒会へは直後に報告を入れたけど、相手は寮の上層部の人たちだっただろ。情けない話だが生徒会内でもごたごたしてる間に、問題の上級生たちは君を自分たちの寮に呼び出した」

「どうしてだ」

簡潔な問いに、塔野が形のよい眉を引き上げる。近すぎる距離が、煙草の苦さに混じり鷹臣が使う整髪剤の匂いまで伝えてきそうだ。

「あいつらが主張した通り、俺が女を連れ込んだ、俺があいつらを殴ったって証言すれば、お前は俺を停学ぐらいにはできたはずだ。実際、あいつらにそう言えって脅されてたんだろ」

「知ってたのか、君」

素直な驚きが、声になる。

校内に女性を連れ込むのも大問題だが、今回の件が表沙汰になった最大の要因は、上級生たちが負った怪我だ。

多勢に無勢だったにも拘わらず、何人かの上級生が病院に運ばれる結果となった。そのため寮内の自治では収まらず、教員が乗り出し聞き取りが行われる事態へと発展したのだ。

「僕は、君を停学や退学にしたいわけじゃない。嘘をついてまでなんて以ての外だ」

鷹臣は、アダムだ。入寮直後から、それは確定事項として語られていた。校則になど頓着《とんちゃく》しないくせに、鷹臣がなんの処分もされてこなかったのは彼がアダムだからに他ならない。そんな下らない理由で、素行が見逃されるなんて許しがたいことだ。

鷹臣が言う通り、上級生に脅されるまま今回塔野が不利な証言をしていれば、いかに鷹臣といえど学校側も処分を下さざるを得なかっただろう。だがそうだからといって、卑劣な上級生たちの尻馬に乗って鷹臣を陥《おとしい》れてなんになる。鷹臣が糾弾《きゅうだん》されるべきは、鷹臣自身が犯した罪においてのみだ。

きっぱりと告げた塔野に、男が大きく眼を瞬《しばたたか》せる。なんて顔だ。驚きすぎなんじゃないのか、君。

見開かれた双眸がしげしげと、そして次に疑り深く塔野を見た。

「…それだけの理由で、お前はアダムの上級生に逆らったのか。気にくわねえ俺のために」

「気に入るとか気に入らないとか、関係ない話だろう。大体、君のためでもないし」

今度は、塔野が驚く番だ。

「あの人たちのやり方に、手なんか貸したくなかった。だから強いていえば、僕自身のためだ。先輩や、それこそ君がアダムかどうかだって関係ない」

摑まれていない左手を、持ち上げる。

警戒を示すよう光った双眸に構わず、そうっと真上にある頰骨に触れた。

野生の動物にでも、触る心地だ。驚かさないよう慎重に、傷ついた唇を覗き込む。

「アダムだって、痛いものは痛いんだろ？　だったら喫煙も喧嘩《けんか》も、自分を損なうような真似《まね》はやめてくれ」

上級生たちがその身に浴びせられた拳に比べれば、鷹臣の怪我は軽傷と呼べるのだろう。そうだとしても、切れた唇は痛々しい。触れるか触れないかの指先で顎を慰撫すれば、鷹臣が声もなく息を吞んだ。

「っ…」

「大丈夫か？　すごく、痛そうだ」

尋ねる僕こそが、痛そうな顔をしていたかもしれない。精悍な頰を掌でくるむと、ぎくん、と覆い被さる体が揺れた。

「ご、ごめん。傷に触ったか？」

慎重に避けたつもりだが、それでもやはり痛かっただろうか。

はっとして引っ込めようとした左手を、鷹臣が追った。

大きな手だ。

力強いそれに手首を一巻きにされ、引き寄せられる。ぎら、と光る眼が、信じられないものを見るように塔野を捉えた。

君、すごい眼の色をしてるんだな。怖いくらい深い、海みたいだ。思わずぽかんと見上げた鼻先で、鷹臣が口を開く。

歪みのない歯列が、左の薬指を狙って動いた。

噛みつかれる、のか。

傷に触れた報復にしたって、それはちょっとひどいんじゃないのか。そうは思うが、動けない。あ、と声がもれたその時、摑まれた薬指に鷹臣の口が当たった。

「ちょ、君…っ」

そう、当たっただけだ。噛みつかれたわけでも、ましてやキスされたわけでもない。そうなるより早く、塔野は掌で鷹臣の顎を押し返していた。

「ぼ、僕が上級生に偽証を迫られてるのを知っていて、君は口を閉じてろって僕を脅したりしなかった。その点は見直したし、あの人たちよりよっぽど立派だ。でも、いくら相手がいけ好かない奴らだからって、あそこまで殴るのはやりすぎだ。その点は君も反省すべきだと思う」

一息に捲し立て、それに、と塔野が鷹臣の下から這《は》い逃れる。

「それに、何度も言うけど喫煙は絶対駄目だ。血流が悪くなると、傷の治りだって遅れるぞ」

気がつけば鷹臣の手から放り出されていた煙草は、芝の上で細い煙を上げていた。慌てて火を消して、それを回収するのと入れ替わりに胸の隠しから赤い包みを取り出す。

「どうしても口寂しいなら、これで我慢してくれ」

差し出した飴玉を、暗緑色の双眸がまじまじと見下ろした。

なんだ、そんなに飴が珍しいのか。いや、取り上げられた煙草や指に代わり、与えられたものが飴だったことにがっかりしたのか。もっと単純に、自分を害したからとはいえ、同級生に噛みつこうとした自分自身に混乱したのかもしれない。

飴玉より鮮やかな色をした双眸が、塔野と手のなかの飴とを見比べる。茫然と瞬く鷹臣に、あの日あの時、自分はなんと声をかけたのか。授業をさぼるなよ、とかちゃんと保健室に行きなよ、と言って分かれた気がする。

入学式から間もない、四月のことだ。

四月。

思い至った日付に、塔野が二度瞬く。

「君…、これって、ここで会った日、なのか…？」

我に返り、声にした途端ぎくりとした。

いや、きっと違う。

そんなこと、あり得ない。あれは鷹臣と出会って、本当に間もない日のことだ。あんななんでもない日の遣り取りを指輪に刻むだなんて、君、どうして。

「まさか、君、あの時から…」

自分の想像に、そんな莫迦なと首を横に振るが、口からこぼれてしまった言葉は取り消せない。混乱し、唇を喘がせた塔野を、暗緑色の双眸が睨めつけた。

「……だったら、なんだってんだ」

「ッ、な…、君…っ、本当に、分かりづらすぎだろ…っ」

思わず声が上擦るが、だって本当に、分かりづらすぎじゃないのか。

あんなもの、一年以上前のほんの些細《ささい》な遣り取りにすぎない。特別なことなんて、なにもなかった。塔野自身覚えてはいたが、日付までは勿論記憶にない。

そんな日のことを、こんな場所に彫るなんて。

そもそもこうして問い質さなければ、日付の意味どころか存在すら鷹臣は塔野に告げる気はなかったのではないか。刻印そのものに気づかれなくとも構わないと、それどころか塔野があの日を覚えていることすら期待せず、男は始まりの日を刻んだ指輪を贈ったのだ。

「だったら分かりやすく言ってやる。そいつを返そうとしても無駄だぜ。お前のもんだ」

胸の隠しから取り出した携帯端末を、鷹臣が手元を見もせず操作した。煙草を探したわけでなく、端末の電源を落とそうとしていたのか。

話は終わりだとばかりに、鷹臣が塔野の左手に手を伸ばす。再び指輪をはめようとした男に、塔野は首を横に振った。

「必要ない、軍司。君は、こんなものを贈る必要ないんだ。…君は指輪よりずっと大切なものを、僕にくれた」「…精子か？」皮肉や冗談で応えた気など、ないのだろう。真顔で眉を引き上げた男の胸を、気がつけば塔野は固めた拳で撲っていた。

「ッ、てめ…」

どん、と鳴ったのは、右の胸だ。それも、決して強い力ではない。当たり前だ。本気で殴るなど、できるわけがない。力任せに左胸を撲つ代わりに、塔野は投げ出された大腿を跨《また》いで男の胸倉へと組みついた。

「違うだろう！　君が、くれたのは…」

君がくれたのは、君の全てだ。

強く握った手のなかで、赤い宝石が輝く。

つい半月前のあの夜も、同じ赤が塔野の掌をぬらした。鷹臣が流した、血の色だ。

鷹臣の左胸を染めた鮮血が、それを塞ぎ止めようとした塔野の手をも赤く染めた。

後から後から噴き出した血のあたたかさが、今も首筋に貼りついて離れない。

なにも、できなかった。

左胸を貫く金属の矢を、引き抜いたのは鷹臣自身だ。大理石を厚くぬらす血で、革靴がすべる。懸命に両足を踏み締め、支えようとした腕のなかで男の体が崩れ落ちた。

「くれたって、こいつのことかよ」

訝しげな声が、自らの胸倉に落ちる。

制服のシャツを暴けば、その下に走る傷痕《きずあと》を見て取ることができるはずだ。

左胸を射貫かれたにも拘わらず、鷹臣は生きていた。迅速な処置の成果も、無視はできない。だがそんなもの以上に、鷹臣の強靭さこそが関係者を驚嘆させた。

傷口に新しい肉が盛り上がり、薄い皮膚が張る。驚くべき早さで治癒が進んだと教えられたが、全ての組織が以前と全く同じに再生されたわけではない。

鷹臣の左の胸には、生々しい瘢痕《はんこん》が残った。いずれはそれも薄くなり、消えてゆくのかもしれない。

だが傷を受けた事実や、あの瞬間の痛みがなかったことにはならないのだ。

厚い胸板を金属が突き破った、重く鈍い音が耳に蘇る。冷たいふるえが踝《くるぶし》を包んで、塔野はこぼれそうな呻きを呑んだ。

「くれてやったもなにも、お前のためにしたことじゃねえ。それこそあんなもん全部俺のためだ」

鋭い舌打ちに、塔野を責める響きはまるでない。恩着せがましさの欠片すらなく、そこに滲むのは自らを罵る苦さだけだ。

「結局、お前に怪我までさせちまったわけだしな」

「あんなもの、怪我のうちに入らないだろう…！」

言葉の、通りなのだ。

言葉の通り、鷹臣はあの夜の出来事を塔野に感謝されるべき一件だなどと思ってはいないのだろう。

そんなわけがあるか。

神は、自らに似せてアダムを創った。

使い古された言葉の意味を、塔野はあの夜初めて知った。

自らの心臓の半分であるイヴを得ることによって、アダムは初めて欠けることのない無瑕疵《かし》な心臓を手に入れる。完璧なアダムの、完璧な心臓。夢見がちな比喩としか思えないその意味を、塔野は全く分かっていなかった。

塔野に限ったことではない。

お伽噺として語られる心臓の半分というものが、真実なんであるか。正しく理解できている者がどれほどいるのだろう。

鷹臣自身、完璧な心臓という言葉など真に受けていなかったはずだ。それにも拘わらず塔野を庇い、致命傷となる傷を受けた。

それが、全てだ。

鷹臣が生き残ったことは、万に一つもあるはずのない幸運な結果にすぎない。あの瞬間、鷹臣が覚悟したのは胸郭を突き破られる激痛であり、その先にある死だった。

「君って奴は…」

俺がお前を助けてやったのだと、どうして勝ち誇らないんだ。お前のために抉《えぐ》られた胸が痛むと、声に出して責めればいいじゃないか。

そうするだけの権利が、鷹臣にはある。それなのに君は指輪を受け取れとは脅すくせに、自らの傷口をひけらかすことはしないのだ。

「お前を怪我させずにすむんなら、あんなことくれえどうでもいい話だ。指輪じゃなく、お前が龍の首の珠が欲しいって言うならいくらだって用意してやる。だがそいつを外すことだけは許さねえ」

迷いのない鷹臣の手が、胸倉を摑む指へと伸びる。そっと右手に掌を重ねられ、肩がふるえた。

「分かったら、保健室へ戻るぞ。そうじゃなけりゃあこのまま寮へ…」

「どうでもいいわけないじゃないか！　君に怪我させるなんて、二度とごめんだ」

完璧な心臓とはなにを指すのか、その応えの一つを鷹臣は自らの肉体によって体現した。だがあの夜起きた幸運が、永続するとは限らない。

次は、どうなるか。

言うまでもなく、鷹臣の傷の経過や体調の観察を通じ、志狼を始めとする研究員たちが状況の解明に取り組んではいる。それでも明確な応えが、すぐに導き出されるとは思えなかった。導き出せたとしても、二度と、二度とあんなこと、あってはいけないのだ。

叫んだ塔野を見上げ、鷹臣がわずかにその双眸を細める。指輪に刻まれたあの日も、塔野は厳しい口吻《こうふん》で鷹臣の怪我を咎めた。それを思い出しでもしたのか、眩いものを見上げるよう肩を揺すられる。

「安心しろ。俺は愛情深い男だからな。お前がそんなに頼むなら、分かりやすく善処してやる。だから戻…」

この大嘘つきめ。

寮へと促そうとした男の手を、力任せに振り払う。皺になったシャツ越しに、塔野は握り締めた拳を鷹臣の胸板へと突きつけた。

「君が分かりやすい男だったことが一度でもあるか！ 降参だって言ってもいやがらせみたいに何度だって膝を突くし、指輪に文字が彫ってあることだって教えてくれない。君ぐらいもの分かりが悪くて意地悪で、頑固《がんこ》で分かりづらい奴は他にいないぞ…！」

厚い胸板を撲つ、その手が握り込んでいるのは赤いルビーが輝く指輪だ。拳の力以上に、鷹臣の双眸が歪む。その唇が開かれる前に、でも、と塔野は呻いた。

「でも、それを言えば、僕だって、鈍すぎた」

こぼれた声の苦さに、左の胸が痛む。どうすることもできず、塔野は手のなかの指輪をぎゅっと握った。

「…ごめん。君はあんなに何度も、示してくれたのに」

思い返せば指輪に刻まれたあの春の騒ぎの後、塔野は上級生に逆らったにも拘わらず、彼らから仕返しをされることはなかった。

生徒会に所属する自分には、アダムであっても手を出しづらいのか。もしくはそんな気力も湧かないくらい、教員から灸を据えられたのか。その程度に考えていたが、もしかしたら鷹臣がなんらかの手を回してくれた結果だったのかもしれない。幸福な思い上がりかもしれないが、今ならそうであっても不思議はないと思えた。

「君は、僕に与えるべき以上のものを与えてくれた。そんな君に、頼める立場じゃないって、分かってる。分かってるけど、もし…、もし、君が許してくれるなら、この刻印が入った指輪を、僕に、くれないか」

身勝手にも、ほどがある。

絞り出した言葉に、言いようのない悔恨が込み上げた。あんなに何度も断っておいて、今更むしがよすぎる。ふるえ、指輪を支え直そうとした塔野の左手を、男の手が包み取った。

「どうしてだ」

覗き込んでくる声は、どこまでも真摯だ。単純な疑問だけを載せた鷹臣の声に、塔野は大きく顔を上げた。

それを、君が聞くのか。

誰よりも分かりづらい君が。

「こいつを欲しがる理由ってのを、聞かせてもらおうじゃねえか」

なんて男だと嚙みついてやりたいが、それはできなかった。

鷹臣が何故これを僕に贈ったのか、その理由はすでに言葉にされている。

愛してる。

嘘みたいに分かりやすく、逃げ場のない言葉を、自分はもうこの男から絞り取っているのだ。

「……僕は、このプログラムを肯定する気には、絶対になれない。だけど…、だけど学校に残ることを決めたのは…、君がいたからだ」

それは夜の博物学準備室で、傷を負った鷹臣から与えられたものと同じ言葉だ。

お前がイヴだと知って、絶対ぇこのプログラムに参加したいと思った。

そう言ってくれた言葉の意味さえ、鈍い僕は満足に受け止めきれなかった。その上愛情表現が分かりづらいと散々君を責めておきながら、僕は君どころでなくもっとずっと分かりづらい。そして救いようがなく、狡いのだ。

現実を噛み締めれば赤くなるどころか血の気が引いて、塔野は指輪を摑む指をふるわせた。

駄目だ。やはりこんなわがまま、許されない。意を決し、指輪を差し出そうとした手を強い力が摑む。え、と思った時には、重い体が真正面からぶつかった。

「軍…っ」

どんっ、と当たった胸板の確かさに、声が揺れる。だがそれは、すぐに伸び上がってきた唇に呑み込まれた。

「つぅ、君…」

熱い舌が、れろ、と唇の割れ目を辿る。驚いて薄く開けば、遠慮会釈なく入り込まれた。

「んぁ、っ…」

昨日あんなにも好き勝手にされた体は、疲れきっている。それなのにイヴの肉体というものは、与えられる刺激を無視できないのか。駄目だと思うのに、ざらついた舌触りを感じただけで、ぞわっと全身の産毛が逆立った。

敏感な口蓋《こうがい》が痺れ、喉の奥に向かってむず痒い疼きが広がる。深く顔を傾けて舌を吸われると、触れられてもいない足裏にまで気持ちのよさが伝わった。

「は…、んぁ、軍…」

ずるっと抜け出る舌の動きにさえ、鳥肌が立つ。あ、と声をもらした塔野を、逞しい二本の腕が抱き竦めた。

「そいつは、俺のことが好きで好きでたまらねえ、どうしようもなく愛してるから今すぐ両親に挨拶に来て欲しい。勿論俺の両親にも挨拶して、学校中どころか世界中に俺のもんになったって公表してえ。披露宴は賑々《にぎにぎ》しくやらざるを得ねえだろうが式は二人っきりで挙げて、一ヶ月どころか一年くれえ監…蜜月満喫しながら俺と十人くらい子作りして永久に添い遂げてえってことだろ」

「……は…？」

なんの話だ。

深すぎるキスのせいばかりでなく、間の抜けた声が出る。互いの唾液でぬれた塔野の唇を、男の舌がべろんと舐めた。

おい、待ってくれ君、なにを。いや、なんだ、その笑顔は。

「そういう意味だろ。俺がいるから学校に残ったってのはよ」

「……な、っちょ、…え？　…ええっ!?　だって、いや、だけど…！　そ、そこまでの意味じゃ…！」

「俺は、そこまでの意味だったぜ？」

暗緑色の双眸が、にやっと笑う。

水底から仰ぎ見る、眩すぎる海面みたいな色だ。光が乱反射して、真っ直ぐ見上げていられない。

べろ、と自らの唇をも舐め潤した男が、大きく口を開けて笑った。

「君…っ」

「俺の気持ちと同じだってんなら、そういうことだ」

塔野の告白があの夜の己の言葉をなぞったものであることを、鷹臣は正しく理解しているのだろう。快活な声を上げた男の口が、もう一度塔野の唇へとかぶりつく。なんてことだ。

「…っ、君、本当に分かりづらいよ…！」

本当にそこまでのことを、考えていたのか。

問い質そうにも、笑う唇に何度も口を塞がれる。

「テメェが鈍すぎんだよ」

やさしい声で詰られ、どん、ともう一度胸板をぶつけられれば、縺れるまま芝生に落ちるしかない。

笑う息と口づけに揉みくちゃにされ、塔野は銀の指輪を握り締めた。

瞼が重くて、目を開けていられない。

宿題、そして次の授業の予習。今日欠席してしまった授業の内容も、確認しておかなければ。やるべきことはいくらでも浮かぶのに、やわらかな枕から頭を上げられない。枕だけじゃなく、体を投げ出した寝具は全て肌触りがよくてふかふかだ。寮の寝台とは思えないくらいいい香りがして、最高に気持ちがいい。このまま眠れてしまったら、どんなに幸せだろう。

抗いがたい誘惑に籠絡《ろうらく》されつつある塔野の左手に、あたたかな体温が触れる。するりと指の股を撫でられ、睫が揺れた。

触れられるたびにびっくりするのだが、掌や手首の内側というのは意外にも敏感な場所らしい。ごつごつとした手でくるまれ辿られると、ひくりと指先がふるえてしまいそうになる。

「……おい、君…」

最高に低く、不機嫌な声が出た。

僕は腹を立てているんだと、この上なく分かりやすい声だ。嗄《しゃが》れきった抗議に応え、薬指へと唇を落とされた。

「分かってる。けどお前も少し休まねえとな。なんか食って、少し寝たらまたちゃんとハメてやるから」

鷹揚《おうよう》に請け負った声は、揶揄を含まない。甘やかす声で応えた鷹臣の鼻面を、塔野は疲れた掌で押し返した。

「莫迦を言うな…！　これ以上、絶対に無理だっ。て言うか、そもそもここまでしていいって、僕は言ってないぞ…！」

張り上げた声もまた、情けないほど掠れてしまっている。だってあんなに、声を上げさせられたんだ。

授業時間中の裏庭で、裸に剝かれた。

正確にはベルトを外され、下肢だけ陽光に晒された。芝に崩れ落ち、嵐みたいなキスを唇にもそれ以外の場所にも降らされた。

雄弁な舌で愛情を示されただけで塔野はぐったり疲れ果てていたが、伸しかかる男は違う。明るい裏庭で散々恥ずかしい格好を強いられ、連れ帰られた寮の部屋でも本格的に裸に剝かれた。

もうすっかり、日が落ち始めてるんじゃないのか。考えただけで、耳まで赤くなるどころか脳味噌がぐらぐら煮える。アダムの生殖力が低いなんて、絶対嘘だろう。少なくとも性欲はあり余ってる。怒鳴り散らしてやりたいのに、体を起こす力さえなかった。

「ただでさえ疲れてるお前相手に、つい夢中になっちまった点は反省してる。だがお前は本当に幸運なイヴだな塔野。俺みてえに愛情深くて体力もある男を夫にできてよ」

「っ、全然よくない！　って、ちょ…！　なんだその下品な手つきはっ！　大体僕は結婚なんかしないって何度言えば…！」

学校に戻ることを決めたのは、確かに鷹臣の存在があったからだ。指輪をくれと強請ったのも事実だ。でもだからって、それは今すぐ鷹臣と結婚したいって意味にはならないだろう。

当然すぎるほど当然な話であるはずなのに、男はどこ吹く風だ。

おい、その形のいい耳は飾りなのか。ぎゅっと摑もうとした左手を、節の高い指が絡め取った。

「っ…」

ちゅっと音を立てて、左手へと唇を落とされる。赤い宝石が、薬指の上で眩く光った。

言うまでもなく、目の前の男によって贈られた指輪だ。

裏庭の芝に片膝を突き、恭しく手を取られた。あの時自分がどんな格好をしていたかは、思い出したくない。こんな状態の僕に跪くなんて、君は一体どんな神経をしてるんだ。際限なく込み上げる羞恥と罵倒《ばとう》をよそに、鷹臣はこれ以上なく満足そうだった。

今だってそうだ。

塔野の薬指に輝く指輪を、下着一枚身につけていない男がしげしげと見る。うつむき加減の首筋や、発達した僧帽筋《そうぼうきん》の逞しさは無視しがたい。だが羨望《せんぼう》を抱かずにはおられない肉体以上に、今は細められた暗緑色の双眸にこそ視線を惹きつけられた。

そんな顔、するもんじゃない。幸せで幸せで、仕方ないって顔。

鈍い、僕にだって分かるぞ。

居所のない羞恥と眠気に炙られ、塔野は指輪に彫られた数字を思った。

塔野にとって、接する相手がアダムか否かなど関係のないことだ。

だが鷹臣には、心酔も嫉妬《しっと》も、他者から差し出される全ては彼がアダムであることを抜きにしては語れない。あの日塔野が与えた飴玉は、アダムか否かに因ることなく、男が初めて贈られたものだったのだろうか。

まさか、と笑おうとした唇から、寝息に近い息がこぼれる。

まさか、そんなこと。

繰り返した塔野の左手に、もう一度あたたかな唇が落ちた。指輪と、それに重なる噛み痕を辿った体温に、とろりと瞼が重みを増す。

君がアダムでなくったって、誰だって飴玉くらいいくらでも差し出したいと願うだろうに。僕だってそうだ。深い寝息をこぼした塔野は、次の瞬間部屋に響いた物音に、はっと息を詰めた。

「なに俺の未尋さんにべたべたしてるんすか！　近すぎっしょ！」

勢いよく開かれた扉から、よく知った声が轟《とどろ》く。

「遊、馬…？」

視界へと飛び込んできた幼馴染みの姿に、掠れた声がもれた。なんで、お前がここに。眠りの半ばにあった頭では、すぐに状況を呑み込めない。ふらつき、起き上がろうとした塔野に、背後から重い体が覆い被さった。

「行儀が悪いぜ、遊馬。夫婦の寝室にいきなり入ってくる奴があるか」

「夫…っ」

「なーに言ってんすか。大丈夫すか未尋さん、怖かったでしょこんな思い込みの激しい変態野郎と二人きりで」

痛ましげに顔を歪めた幼馴染みが、寝台の脇へと膝を突く。思い込みの激しさだったら、お前も相当負けてないぞ。混乱のあまり的外れな指摘が口を突きそうになるが、それよりも先に幼馴染みが塔野の左手を取った。

「…あっ。遊馬、それ…!」

遊馬の手で輝くのは、保健室で外したはずの指輪だ。握り込んで拒むこともできないまま、ハート型をしたダイヤモンドが塔野の薬指へと収まった。

「嘘なんすよね？　未尋さんが鷹臣さんからの指輪を受け取ったなんて。志狼さんとこに連絡があったって聞いたけど、俺絶対ぇ信じねぇ」

「待て、遊馬…！　いいか、指輪を贈るのは競争じゃないんだ。お前は僕なんかにもこんなプログラムにも、これ以上関わってちゃ駄目だ」

「それは難しい話だな。基本的にイヴは勿論アダムにも、プログラムへの参加を拒むことは許されていない。なにより我々アダムは一途な生き物だ。指輪を突き返されプログラムを離れたとしても、君への愛情からは解放されることがない」

「せ、先生…！」

いつの間に、扉をくぐっていたのか。高い位置から自分を見下ろす志狼が、丁重な手つきで塔野の左手を掬った。

「知ったことかよ。さっき教えてやった通り、塔野はもう名実共に俺のもんなんでな。どうせガキだって二十人くらいすぐできる」

「鷹臣、お前の入れ込みようは私も十分理解してる。…心臓と同じ色、か。こいつはルビーではなくレッドダイヤだろう？」

「……レッドダイヤって？」

耳慣れない言葉に、塔野の眉間が歪む。そこに、高揚はない。むしろ警戒を露にした塔野の隣で、遊馬が眼を剝いた。

「マジすか。それってピンクダイヤのなかでも色が濃くって、真っ赤なやつのことを言うんすよね？色の濃いピンクを探すのだって大変なのに、こんなルビーみたいな色初めて見た」

「確かに、ピンクダイヤですら天然のものは流通量の千分の一程度だと言われている」

静かな声で教えられ、背筋が凍る。ひく、と息を詰めた塔野に視線を合わせ、志狼が薄く笑った。

「これほど赤いダイヤは更に少ない上、まとまった大きさのものは数えるほどしかないからな。私も実物を見たのはこれが三度目だ」

稀少なピンクダイヤより、一層珍しい深紅のダイヤモンド。改めてその事実を思うと、ぞっと全身の血の気が引いた。

「……お、おおお高いんです、か…？」

聞くまでもない問いが、唇からこぼれる。分かりきったことだ。だが呑み込みきれず、声になった。

「君が身に着けてくれるなら、何億だろうと高額とは言えないな」

外さなければ。

頭に浮かんだのは、それだけだ。がくがくとふるえる両手で、懸命に指輪を摑もうとする。

「か、かかか返す…！　い、一番ちいさくて値段も安そうだったからあの時選んだのに、そんな…！」

「随分な言いようじゃねえか。指輪をはめて下さいお願いしますって言ったのはお前ぇだろうが」

動揺のあまり、不必要な本音が迸ったがそれどころではない。奥歯を鳴らし指輪を毟ろうとする塔野の肩口へ、のふっと鷹臣が顎を引っかけた。

「お前が欲しがったんだ。外せるなんて思うんじゃねえぜ」

「その通りだ塔野君。アダムにとって、贈った指輪を外されることほど残酷な仕打ちはない」

塔野の手を取った志狼が、薬指にもう一つ、光る指輪をくぐらせてくる。紫色に輝く、あのアレキサンドライトだ。

「な、なにするんですか、先生…ッ！」

「正直俺以外の指輪をはめた薬指なんぞ嚙み切ってやりたいが、そうはいかないからな」

耳元へと注がれた志狼の声の乱暴さに、ひく、と喉が鳴る。教師らしい物言いを投げ出した男に戦慄《おのの》けば、硝子越しの双眸がに、と笑った。

「怯える必要はない、塔野君。むしろ喜んでほしいものだな。週明けからは正式に、私と遊馬がプログラムへ復帰することが決まったんだから」

志狼の言葉に、耳を疑う。伸しかかる鷹臣もまた、威嚇の唸りをもらすのが胸郭越しに伝わった。

「莫迦言うんじゃねえ。こいつは俺の指輪を受け取ったんだぜ」

低くなった鷹臣の声に怯むことなく、遊馬がちゅっと塔野の薬指に吸いついた。

「俺の指輪も受け取ってくれてマジ嬉しい」

どういうことだ。

今すぐ鷹臣と結婚だなんて、当然考えられない。それでも、塔野が自分の意志で鷹臣からの指輪を受け取ったのは事実だ。

「塔野君が自主的に指輪を受け取ったこと自体は、プログラムの進捗として評価すべきことだ。だが同時に、我々全員の健康状態及び塔野君の女王効果の影響などを複合的に検討した結果、現時点で候補者を一人に絞りきることはリスクが大きいと判断された」

「ま、待って下さい…！　リスクって…」

誰も選ばない、という選択肢がない時点で、このプログラムには重大な瑕疵がある。だが三人のアダムのなかから一人を選ぶ、それがルールだったはずだ。

意図はどうであれ、塔野の指に鷹臣から贈られた指輪がある以上、他の候補者はプログラムを外れるのではないのか。訴えようとした塔野を、体を起こした鷹臣が引き寄せた。

「塔野君に対するマーキングが強化されるという点からも、また優秀なアダムを遺すという点からも、判断は理には適っている。単婚、つまり一夫一婦制よりも複婚、この場合は多夫一婦制こそが受精を巡る精子間競争が増し、性淘汰の原理が大きく働くとの期待もある」

「種馬の次はチンパンジー扱いかよ」

尤《もっと》もらしい面で、ろくでもねえ話しやがって。そう舌打ちした鷹臣が、体を起こす。胡座を組んだ鷹臣の膝へと背中から抱えられ、寝台へと乗り上げる志狼が目に映った。

「霊長類に多いことは確かだな」

待ってくれ。そんなこと聞いてない。

大体、複婚ってなんだ。

もしかして遊馬の復帰と並行して、この現状に至る可能性も検討されていたのか。抗議の声を上げようとした塔野へ、幼馴染みがぎゅっと全身でしがみついた。

「やっぱ安そうだからって理由で、この指輪選んだんすね。それ聞いて心底ほっとしたっす。鷹臣さんからの指輪だから欲しかったって話じゃねーなら、俺にも可能性あるってことすもんね！　待ってて未尋さん。未尋さんに最っ高に似合う指輪、俺がプレゼントしてあげますから」

「違…っ」

「笑わせるんじゃねえぜ、童貞」

吐き捨てた鷹臣の手が、先程自ら着せ着けた塔野の寝間着を捲り上げた。

「ちょ、君…っ、どこ触ってるんだ！　ふざけてる場合じゃないだろう…っ」

「ふざけてる場合じゃねえってのには同感だぜ。さっきお前に注いだ精液がこぼれちまうと面倒だからな。俺のが一番最初に着床するよう、しっかり栓し直してやる」

臍をくすぐった鷹臣の双眸が、剣呑な光を帯びる。

「待て、必要ない…っ、僕、子供なんて…」

「確かに先日の授業では産まれる、とは言えたが産みたい、とは言えなかったからな」

次の授業課題は、そのあたりか。

そう領いた志狼が、塔野の唇へと唇を落とした。驚いて喘いだ胸元に、遊馬が吸いつく。

舌打ち混じりに牙を剝き、背後に陣取る鷹臣が腰を擦りつけた。

「授業なんて知るかよ。今すぐ指輪よりいいもん、くれてやるぜ」

愛情ってやつを、たっぷりな。

品性の欠片もない物言いを、咎める者は誰もいない。悲鳴を上げる代わりに、塔野は三つの指輪が輝く拳を振り上げた。

アダムの予習
イヴの復習

「けがはない？　もう、怖くないから。大丈夫だよ」

ふるえる声が、それでも気丈に軍司《ぐんじ》遊馬《あすま》を励ます。お前の方が、よっぽど怖かったんじゃないのか。そう思ったけど、声は出なかった。

「これ食べて、あと、もうちょっとだから、お母さんの所まで、がんばろう」

鼓舞する声は、やっぱりふるえている。そりゃああんな怖そうな二頭の犬から、俺を守ったんだ。牙《きば》の鋭さも耳に突き刺さる鳴き声の大きさも、小学生には恐怖以外の何物でもない。

遊馬を置いて逃げ出したって、不思議はなかった。だけど彼は最後まで遊馬を庇い、犬たちに小突かれながらも犬舎から引きずり出してくれた。その上今はこうして手を握って、最後に一つきり残った飴《あめ》を与えてもくれるのだ。

甘い、匂いがした。

口に含んだ飴玉が、痺《しび》れるような甘さで舌を焼く。左の胸がどきどきして、心臓ごと体が大きく膨らんでしまったみたいだ。

「君、名前はなんていうの？」

子供らしく角の丸い声が、尋ねる。

「遊馬」

応えた遊馬に、手を握る彼が精一杯の笑顔を作った。

「僕は、未尋《みひろ》。塔野《とうの》未尋。大丈夫、犬、もう追っかけてこないから」

なんて、甘さだろう。舌の上の飴も、自分を見る目の色も、こんなにも甘くてきれいなもの初めて見た。

世界が、色を変える。それは、誇張ではない。

この飴みたいにおっきくて、この瞳みたいにきれいな宝石を彼に贈れたらどんなに幸せだろう。自分の想像に、左胸がより一層大きな音を立てた。

苦しいけど、苦しくない。舌を焼く甘い飴を、遊馬は大切に転がした。


「…なめらかな水平面上に置かれた、質量七十キログラムの物質に右向きに四N、左向きに七Nの力を加え…」

涼しげな声が、談話室に響く。

塔野未尋が読み上げるものであれば、つまらない物理の問題さえ遊馬にとっては天上の音楽だ。実際天上の音楽なんて聞いたことはないし、聞きたいとも思わない。だけど塔野の声ならば、いつまでだって聞いていたかった。

淀みなく動く唇は、肌の白さに比べ鮮やかに色づいている。時々隙間から覗く舌先が、ちろりと形のよいそれを潤した。

エロすぎる。

ぬれて甘そうな舌の色も、潔癖そうな唇の薄さも、いやらしすぎて股間が痛むほどだ。派手で押しつけがましい色気などではない。控え目で清潔で、だからこそ目を逸《そ》らしがたいいやらしさがあった。

この唇にキスしたら、どんなに気持ちいいだろう。

想像せずにいられないのは、遊馬がその味を知っているからだ。物理の問題がよく似合うこの唇が、キスをすればどうとろけるのか。思い描くと、ごく、と喉《のど》が鳴った。

「未尋さん」

呼びかけに、紅茶色の双眸《そうぼう》が持ち上がる。

きれいな、目だ。

寮の談話室は、中庭に面して広い窓を持っている。そこから注ぐ放課後の日差しが、塔野の瞳をきらきらと明るい色に照らしていた。

「キスさせて。未尋さん」

真顔で、強請《ねだ》る。

塔野に降るのと同じ陽光が、遊馬の双眸にも明るい光を投げかけていた。

濃褐色の双眸は、陽光の下では蜂蜜《はちみつ》のような黄金色に輝く。飴玉みたいだと、そう言ってくれたのは塔野だ。彫りの深い遊馬の顔立ちは、造形だけを問題にすれば精悍《せいかん》さこそが際立つ。いささか整いすぎた容貌に、大らかな双眸の輝きが親しみを加えていた。最近はその明朗さのなかに、ぞっとするような男臭さまでが滲《にじ》み始めたと評判だ。外野の評価はともかく、自分がいかに物欲しそうな眼で塔野を見ているか、自覚はあった。

じっと注視する視線の先で、幼馴染《おさなな　じ》みが長い睫《まつげ》を揺らす。

二度瞬《またた》いた塔野が、机越しに上体を傾けた。談話室の書き物机には、遊馬の宿題である物理の問題集が広げられている。それを机の脇から覗《のぞ》き込んでいた塔野が、遊馬へと額を寄せてくれたのだ。

本当に、キスさせてくれるのか。

期待に、左の胸が疼《うず》く。股間だって同じだ。大きく身を乗り出した遊馬の唇に、甘い香りが触れた。

「んぐ」

「宿題につき合って欲しいって言ったのは遊馬、お前だろ。ちゃんと集中してないと終わらないぞ」

ぴしゃりと告げた声は、甘くない。対照的に、唇へと放り込まれたそれは舌が溶けそうなほど甘かった。残念なことに、塔野の唇ではない。林檎の香りがする、飴玉だ。

「つき合って欲しいのは宿題より俺自身だって何度言えば…」

ぼやいた遊馬に目を向けもせず、塔野がぱたんと教科書を閉じる。無言で帰り支度を始めた幼馴染みに、遊馬ははっとして縋《すが》りついた。

「待って！　未尋さんに宿題教えてもらえて超助かる！　ちょー頑張るから帰んないで！」

恥も外聞もなく懇願すれば、ノートを揃《そろ》えようとしていた手が止まる。紅茶色の双眸が遊馬を睥睨《へいげい》し、仕方なさそうにもう一度椅子《いす》へと腰を戻した。

「…入寮者が少ないとはいえ、ここは公共の談話室だからな。大声を出すと迷惑になるぞ」

窘《たしな》めつつも、きれいな手が再び問題集を開いてくれる。

塔野ほど真面目《まじめ》な生徒を、遊馬は他に知らない。実直で、面倒見がよくて、誠実。融通が利かない堅物だと恐れられてもいるが、幼馴染みである遊馬にはたまらなく甘かった。甘すぎるくらいに。

初めて出会った、小学生の頃からそうだ。一つ年下の遊馬を、塔野は自分が庇護《ひご》すべき存在だと認識したらしい。遊馬を助けてくれてありがとう。しっかりしたお兄ちゃんね、なんてうちの母親に褒められたのも一因だろう。よくやったおかん。正義感が強くて真面目な一人っ子だった塔野にとって、あの日以来遊馬は大事な大事な弟分になったのだ。

「ちょー静かに勉強頑張るから、宿題終わったらご褒美《ほうび》が欲しいっす」

今泣いた烏《からす》もいいとこだ。問題集へと目を落とした塔野に、にこにこと強請った。

「さっき飴をやっただろ」

「美味《うま》かったす」

素直に頷《うなず》けば、薄い唇が綻《ほころ》ぶ。

「だろ？　次のが解けたらもう一つやるから、頑張れ」

本当に、塔野は甘い。舌の上で溶ける、この飴玉みたいだ。

心の底から励ましてくれる幼馴染みは、遊馬をいまだに飴玉一つで喜ぶ小学生だとでも思っているんだろうか。

「あー飴玉もほしいけど、宿題全部やって、次の試験でいい成績取れたらもっとでっかいご褒美くんねえすか」

　下心を隠さず上目に見ると、塔野の眉間《みけん》が歪《ゆが》んだ。だがここで、怯《ひる》んではいけない。尻尾《しっぽ》を巻いて逃げる気など、毛頭ないのだ。

「満点取れたら、結婚してほしいす」

　明瞭な要求に、白い眉間が益々皺《しわ》を深くする。

　どう考えても、好意的な反応とは言いがたい。好きな相手にこんな顔をされたら、大抵の人間の心はずたずただ。アダムである遊馬の心臓だって、例外ではない。

　だが、知っている。塔野にとって、これは精一杯作った怖い顔だ。批難を込め、紅茶色の瞳が遊馬を見る。だけど実際のところ、その眉《まゆ》の端は困ったように下がってしまっていた。

「いいか、遊馬。一生懸命勉強するのも、いい点を取るのも僕のためじゃない。全部お前自身のためだ」

「分かってるすよ。でも目の前に魅力的な人参《にんじん》がぶら下がってた方が、俄然《がぜん》やる気が出るのが馬ってもんじゃないすか」

「…その例えだと、馬はどれだけ走っても人参は食べられない気がするが、それでいいなら検討しなくも、ない…」

　即座に返した遊馬に、塔野が唸《うな》る。なるほど確かに、馬の前にぶら下げた人参というのはそうしたものか。

「ちょ、それ駄目なやつじゃないすか。俺、食べる気満々だし」

「だったら駄目だな」

なんだその駄目づくし。待って下さいよ、と声を上げた遊馬に構わず、塔野が問題集を引き寄せた。雑談は終わりだと言わんばかりの態度に、下唇に力が籠《こ》もる。

「じゃあ、問題一つ解いたらキスして欲しいです」

「じゃあ、の用法が間違ってないか」

現国だったら減点だぞ。そんな指摘にも怯《ひる》むことなく、シャーペンを握る塔野の手に手を伸ばす。

「俺、未尋さんとキスしたい」

恋愛において、見栄や駆け引きは大切だ。だが今の遊馬に、そんなものを楽しんでいられる余裕はない。

自分はもう十分、遠回りをしてきてしまった。

未尋ちゃん、大好き。初めて出会った日から、言葉にして好意を伝えなかった日はない。ちゃんと告白をして、塔野を捕まえておく機会だっていくらでもあった。実際口にもしてきたが、その全てを塔野は無害な愛情の発露としか受け止めてくれなかったのだ。

鈍いのか、あるいはわざとなのか。

正直、後者であることを期待していた。塔野も遊馬の気持ちを知っていて、今はまだこの関係が一番楽しいと思ってくれているんじゃないか。実際遊馬にとっても、塔野の特別な弟分という立場はたまらなく居心地がよかった。

一番の親友であり、誰よりも甘やかしてもらえる弟。

割って入る者などいなかったし、それを許してもこなかった。男として一人立ちできるようになったら、その時は名実共に恋人同士になるのだ。それまで、あとほんの少しだけこのままで。

そう思い続けるうち、プログラムの始まりを迎えてしまった。

一生の不覚すぎる。いくら後悔しても足りることはなく、遊馬は真っ直ぐに紅茶色の瞳を覗き込んだ。

「未尋さんは、俺にキスされるの、嫌？」

嫌だと言われたら、死んでしまう。

誇張なくそう思うが、投げ出せるのはこの心臓くらいしかないのだ。じっと目を見て尋ねれば、塔野の睫がわずかに揺れた。

それは、ほんのささやかな変化だ。

可能な限り、素っ気なく振る舞おうとしたのだろう。だが短く瞬いた塔野の目元が、うっすらと赤く染まるのを遊馬は見逃しはしなかった。

「ふざけてないで、宿題を…」

「今、想像した？　俺とキスした時のこと」

ひそめた声で、問う。

ぴくりと跳ねた塔野の視線が、思わずといった動きで遊馬の唇を掠《かす》めた。キスという言葉が、遊馬の唇と結びついたのだ。じわりと赤味を増した首筋に視線を定め、逞《たくま》しい体躯《たいく》を乗り出す。

「遊…」

「俺は、思い出してた」

ぎら、と自分の双眸が光るのを自覚する。

男の、眼だ。可愛い弟分がすべき眼でないことは、よく分っている。そもそも可愛い弟分なんてものは、実在したのか。

自問を一蹴し、塔野の指に指を絡めた。咄嗟《とっさ》に逃げ遅れた指先ごと、痩せた塔野の肩がぎくんと揺れる。

「っ…」

「て言うか、ずっと、思い出してる」

いつだって、そうだ。

塔野の唇のやわらかさや、息遣いに混ざる体温。キスした瞬間に息を詰める仕種《しぐさ》や、唇の内側のあたたかさを、思い出さない時がない。

初めて本物の唇に触れるまでも、莫迦《ばか》みたいに想像してきた。だけど一度キスしてしまえば、そんな妄想は全ては吹っ飛ぶ。現実の塔野の唇は、妄想が追いつけないほど気持ちがいい。四六時中、なにをしていても思い出さずにいるのは不可能だ。

「見た目、薄くってすげえきれいな形してんのに、唇で触ると超やわらかくって、あったかい」

感触を思い出すよう、ぺろ、と舌先が遊馬自身の上唇を舐める。

陽光を弾いた舌の色に、塔野の喉がこくりと動いた。

「上唇も気持ちいーんすけど、下唇がぷるんってしてて。下唇だけ口に入れて吸うと、未尋さんも気持ちよさそうなのが超可愛いんすよね」

「遊馬」

強い声で、塔野が呼ぶ。咎《とが》めるための響きだが、その視線は遊馬の唇から逸らされてはいない。逸らせないのか。に、と男らしい唇が、笑みの形に歪んだ。

「俺の唇は？」

尋ねた遊馬の影が、塔野の瞳に落ちる。咄嗟に自分を突き飛ばすこともできなかった幼馴染みの唇へと、遊馬は自らの唇を重ねた。

「っ、な…っ」

今更我に返ったって、遅い。

ちゅっと、音を立てて唇を押しつける。わざと高く音を鳴らすと、塔野の首筋どころか耳までもが赤く染まった。

「甘かった？」

鼻先を擦り寄せて、にっと笑う。

邪気のない、弟分の笑みだ。だが無論、そんなわけはない。明るく瞬く双眸のまま、咎めようとした塔野の唇にかぶりついた。

今度は、深く。

大きく顔を傾けて、ぴったりと唇を噛《か》み合わせた。

「ぁっ、な」

逃げようとする唇の割れ目に、舌をすべらせる。入れてくれと強請ると、驚いた歯列がわずかにゆるんだ。それを見逃すことなく押し入れば、かつ、と硬い音が口腔《こうくう》に伝わる。

「あ…」

歯が、ぶつかったわけではない。最初の頃は気が急いて、歯が当たりそうになったことも何度かある。だけど今は、もうそんなへまはしない。

塔野の前歯に触れたのは、飴だ。先程与えてくれた飴玉を、舌を使って幼馴染みの唇へと送り込む。

「つな、これ…」

焦り、唇に手をやろうとするのを許さず、深く舌を伸ばした。飴玉を追った互いの舌先が、にゅるりと絡む。

「未尋さんの舌の先っぽ、ぴくぴくしてて甘くってすっげえやらしい」

かつん、ともう一度ちいさな音を立てて、丸い飴が遊馬の口腔に戻った。その甘さより、舌に絡んだ塔野の舌の感触にくらくらする。逃げる舌先を吸って言葉にすると、悲鳴じみた息がもれた。

「やめ、遊…」

「やめらんねえって。未尋さん、こんなすけべな唇してんのに」

低めた声の効果は、知りつくしている。

声と息を混ぜて唇に吹きかければ、手のなかの塔野がびくんと肩を竦ませた。最高に美味そうで、嚙みつくように唇を口で塞《ふさ》ぐ。

「んぁ…」

ちいさな頭を掌《てのひら》でくるんで、さっきよりも深くまで舌を伸ばした。拒もうと動いた塔野の舌に舌がぶつかって、ぞくっと重い痺れが下腹を撲つ。

人工的な甘みを纏《まと》った飴の固さと、くねる舌のやわらかさの差異が楽しい。二つの舌で飴を挟むように動かすたび、塔野の喉から声がもれた。上顎《あご》をくすぐる遊馬の舌の動きにも、飴の感触にも感じているのだ。

にや、と口元の笑みが深くなる。塔野の味がする唾液を飲み下して、逃げる舌をきつく吸った。

少しだけざらついた舌触りに、夢中になる。もうどちらの口腔に飴があるのか、そもそもまだ飴が残っているのかも分からない。

「っぁ…」

「大好き、未尋さん」

真剣さをそのままに、声にする。

抱いた体が、途端にぎくりと跳ねた。

固めた拳《こぶし》で、思いっきり殴りつけられたも同然なのだろう。むしろそうされた方が、塔野にはよかったはずだ。これが本当の拳であれば、相手を批難し反撃する術《すべ》もあるかもしれない。だが堂々と向けられる真剣な愛情からは、身を守る術などないのだ。相手が庇護し続けてきた大切な弟分となれば、尚更だろう。

「未尋さん」

懇願の響きを込めて、呼ぶ。

口づけにぬれた幼馴染みの唇が、泣き出しそうに喘《あえ》いだ。潤んだ目元は、もう溶け落ちてしまいそうに赤い。苦しげに歪んだその形にすら、ぞくぞくした。

逃がすものか。

引き寄せられるように、もう一度首を伸ばす。押し返そうともがく腕に構わず、甘い唇をべろりと舐めた。

「飴だのキスだの、問題解く前に巻き上げられてどうすんだ。家庭教師失格じゃねえのか、塔野」

「ッ、ぁ…！」

嘆息混じりの舌打ち声に、とろけた唇が悲鳴を上げる。

かわいそうなほど息を詰めた塔野に対し、遊馬の唇からもれたのはやはり舌打ちだった。

「なーに勉強の邪魔してんすか、鷹臣《たかおみ》サン」

ぎろりと、視線を巡らせる。

広い談話室は、寮の一角というより豪奢《ごうしゃ》な邸宅の居間を思わせた。厚く目が詰まった絨毯《じゅうたん》が敷かれ、うつくしいマントルピースを持つ暖炉までもが設けられている。それと向かい合う形で、ゆったりとした革張りのソファが置かれていた。窓辺に据えられた書き物机に対しては、背を向ける形だ。艶やかな背凭《もた》れの向こうで、むくりと大柄な体躯が起き上がった。

高校生にしては、群を抜いて頑健な長身だ。

シャツに包まれた肩幅は広く、厚みのある背には贅肉《ぜいにく》など探しようがない。腕や首回りの筋肉に厚みが増すと、大抵は太く短く目に映るものだ。だが軍司鷹臣の体軀は、そうした愚鈍《ぐどん》さとは全く無縁だった。座っていてもそれと分かるほど背が高く、手も足も十分に長いからこそか。均整の取れた体はただただ力強く、背凭れに腕を載せ振り返る仕種だけでも嫌になるほど様になった。

「勉強ってなんの勉強だ。家庭教師もののAVだってもう少しましじゃねえのか」

ソファに転がりながら、作業していたのだろう。手にしていた端末を、鷹臣が放る。大方、家業に関係する連絡や資料に違いない。

高校生の身でありながら、鷹臣は多忙だ。傑出《けっしゅつ》したアダムの代表格と言うべきか。高校に入学する頃には、鷹臣はすでに家業との関わりを持っていた。

手慰《なぐさ》みで始めた仕事が父親だかの眼に留《と》まり、家業に加わることになったと聞く。小遣い稼ぎが大企業の仕事に繋がる十代って、なんなのよ。しかしそれが、鷹臣だ。校内での特別プログラムへの参加を機に、仕事はいくらか整理したらしい。それでも研究所との関わりが深くなったことを思えば、忙しい身に代わりはないのだろう。相変わらずの仏頂面で携帯端末を手にする鷹臣の姿を、寮や校内で度々目にしていた。

「失礼なこと言わないで下さいよ。神聖な学習時間なんすから」

「し…、神聖な、学習時間だって分かってるなら、こんな…！」

こんなキス、すべきじゃない。そう叱《しか》りつけようとしたのだろうか。塔野が我に返ったように、青褪めて言葉を呑《の》む。

鷹臣がすぐ傍らのソファにいることを、塔野も忘れていたわけではないはずだ。少なくとも、遊馬は覚えていた。塔野にくっついて談話室に降りてきた鷹臣の存在を、忘れられるわけがない。だが遊馬の唇が触れた瞬間は、そんな鷹臣のことすら塔野の意識から消し去れたのだ。

「ごめん、未尋さん。やっぱ俺の部屋で宿題しねえ？　ここよりずっと集中できるだろうし」

「集中してぇならさせてやるぜ。問題集を開きな」

鷹臣に顎《あご》で示され、遊馬が眉を上げる。

「は？」

「幸運な奴《やつ》だな、遊馬。直々にこの俺が、お前に勉強を教えてやるって言ってるんだぜ」

勉強、という言葉の意味が頭から飛びそうだ。もう一度間抜けな声がもれ、遊馬は大きく首を横に振った。

「や、いいす。遠慮するっす」

「なんでだ、遊馬。確かに僕より、軍司の方が成績いいぞ」

そんなこと、知っている。

まだ赤いままの唇で薦《すす》めた幼馴染みに、遊馬は益々強く首を振った。

「教えてもらうもなにも、隣に座られただけで圧がすげえし」

素直すぎる感想だ。

鷹臣が学内でも屈指の成績を誇るのは、誰だって知っている。家業の片手間に学業をこなしているようにしか見えないくせに、それで成績も優秀ってどうなのか。一般の学校ならまだしも、ここは授業について行くのも厳しいと嘆かれる難関校だ。そこでの優秀者となれば、その学力は全国規模で突出していることを意味した。

「…勉強に身が入るんじゃないのか」

「いやいやいや未尋さんどうして真顔なの？　プレッシャーで勉強どころじゃねえでしょ」

「なにがプレッシャーだ。そんなじゃ満点取って、塔野に結婚してもらうなんて無理な話じゃねえのか」

鷹臣に鼻で笑われ、遊馬が男っぽい唇を引き結ぶ。

「余裕で満点すよ。ちゃーんと未尋さんに教えてもらえれば。で、俺がお礼に未尋さんに保健体育の実技を教えるってどうす？」

「……は？」

今度は、塔野が間の抜けた声を出す番だ。ぽかんとした口元が、まだほんのりぬれて色づいてるのがたまらずエロい。

「俺が無事満点取って未尋さんとゴールインできるように、未尋さんは一生懸命俺に勉強教えてくれるわけでしょ？　俺も未尋さんの役に立ちてーし」

照れながら伝えれば、はっ、とソファで笑い声が爆《は》ぜた。

「昨日まで童貞だった奴が、なに教える気だ」

「待…！　て言うか、僕は満点取ったら結婚するなんて一言も…！」

鷹臣が声を上げて笑うなんて、以前は滅多に眼にしなかったものだ。親族である遊馬の眼から見ても、鷹臣は世辞にも親しみやすい男ではない。アダムらしいと言ってしまえばそれまでだが、周囲を和ませる種類の人間ではないのだ。

「俺が未尋さんで童貞卒業させてもらったの、昨日じゃねーんで。それになんつっても、俺って未尋さんの専用ちんこでしょ？　未尋さんとだけ実技に励んできた分、カスタムも完璧。ここんとこもイメトレにも励みまくってきたんで、未尋さんに超色んなこと教えてあげられるっす」

ね、と塔野に同意を求めれば、幼馴染みはそれどころではないらしい。めまいでもするのか、額に手を当てて唸っている。

「思い込み激しすぎだろうが、童貞」

あんたに言われたくねーんですけど。即座に切り返そうとした遊馬の指先から、塔野が白い手を引き抜いた。

「……取り敢《あ》えず、今日の勉強はこれで終わりだ」

ふらつく体を、塔野が起こそうとする。逃げるように荷物を纏めた痩軀《そうく》へと、ぬっと厳《いかつ》い腕が伸びた。

「童貞のお守りは、確かにもう十分だろ」

ソファから立ち上がった鷹臣の影が、塔野の肩口へと落ちる。背後から迫った掌に頰をくるまれ、あ、と幼馴染みが声を上げた。

「今度は俺が、優等生に勉強を教えてやるよ」

「俺が教えるって言ってんでしょうがっ」

「ちょ、二人とも…！」

悲鳴を上げた塔野が身を捻《ひね》るが、無論逃がしはしない。薄い腰に腕を絡めて引き寄せれば、見開かれた紅茶色の双眸が遊馬を映した。

「安心して、未尋さん。俺、超いい先生になるから」

飴玉みたいな目のなかで、自分の双眸が光る。悲鳴を上げた唇へ、遊馬は嚙みつくように口づけた。

ずぶ、と音を立てて深くもぐる。

先端から根本までを圧迫される心地好さに、声が出た。

「未尋さん…」

名前を呼ぶと、じん、と重い痺《しび》れが腰骨に溜まる。それはそのまま背筋を這い上り、後頭部までを甘く溶かした。

「んん、ぅ、ぐ…」

応えたのは、曇った呻《うめ》きだ。応えたとも、言えないのかもしれない。

談話室の床に、白い体が膝《ひざ》を折っていた。辛うじて右腕にシャツを絡ませている以外、体を覆うものは爪先《つまさき》に残る靴下くらいだ。椅子の前に四つん這いで跪《ひざまず》き、塔野が薄い背をくねらせる。その剝《む》き出しの尻へ、ぐり、と強く押し入った。

「んぐ、んあんぅ」

曇った声が、鼓膜から、そして繋がった体から直接遊馬に届く。

「ごめん、未尋さん、きつかった？　でも、もうちょっと奥、分かる…？」

気遣う声に、はぁ、と気持ちよさそうな息が混ざった。実際、どうしようもなく気持ちがいい。ぐらぐらと脳味噌《みそ》が煮えて、耳から垂れてきそうだ。

「んふっ、あ…」

塔野の唇からもれるのは、やはり濁った呻きでしかない。口腔を塞《ふさ》がれているのだから、当然だろう。椅子に座った鷹臣の陰茎が、塔野の唇をずっぷりと塞いでいた。

「できの悪ぃ生徒より、できの悪ぃ教師の方がよっぽど質《たち》が悪ぃよな」

喉で笑った鷹臣が、塔野の耳元へと声を吹きかける。同意を求められても、応えるどころではないのだろう。深く陰茎を含んだ塔野が、苦しげにその腰をくねらせた。

「それって鷹臣さんのことっすか」

悶《もだ》える白い腰を、遊馬が両手で摑む。

引き締まった、細い腰だ。汗ばんだ肌が、しっとりと掌に馴染む。力任せに引き寄せたい衝動をこらえ、とん、と埋めた陰茎を突き出した。ノックでもするよう規則的に繰り返せば、塞がれた塔野の唇からぬれた声がもれる。

「んあ、ぅう…」

「ね？　こうやって動かれるの、未尋さん、すげぇ好きすよね」

同じ場所を狙って、細かく腰を動かした。前後にちいさく揺すり、にゅる、と半ばほどまで引き出す。

塔野の膣《ちつ》液でてらつくペニスが、傾く日差しのなかはっきりと眼に映った。

赤黒い肉が狭い穴を掻《か》き回す様子は、たまらなく卑猥だ。

ローションを注がなくても、遊馬の陰茎は膣液でぐっしょりとぬれている。膣液と呼んで、差し支えないだろう。肛門であったはずのそれは、もう遊馬の子供をなすための性器なのだ。

興奮に、首筋に汗が噴き出す。

暑さにたえかね毟《むし》り取ったネクタイは、とっくの昔にどこかに飛んでいた。

談話室から逃げ出そうとする塔野にしがみつき、鷹臣と競う勢いで服を引き剝《は》いだ。やめろと叫ばれたが、止まるはずもない。鷹臣が塔野にキスすれば遊馬が乳首を捻り、縺《もつ》れるように床で繋がった。

鷹臣に先んじて、挿入できたのは幸いだ。無論、どれほど邪魔されようとそうするつもりでいた。遊馬の剣幕に呆《あき》れたのか、あるいは殴り合うよりさっさと終わらせた方がましだと考えたのか。鷹臣も長く争うことをせず、塔野へと口と舌の使い方を教え始めた。

侮《あなど》られたのかもと思うと腹が立つが、しかし結果が全てだ。塔野の尻の穴に亀頭を押し当てると、吸いつくような感触にそれだけで射精しそうになった。

「っ、む…、あ…」

「知ってる？　未尋さんのここ、俺咥《くわ》えてすっげえいやらしい形になってるって」

右手の親指で、自分のペニスを呑む穴の縁を横に引く。ぬれた穴が張り詰めて、陰茎を引き出す動きに合わせ桃色の粘膜がぷるんと捲《まく》れた。

塔野の、色だ。

視覚から与えられる興奮に、ぶるっと鳥肌が立つ。射精してしまいそうなふるえをこらえ、遊馬は腿《もも》に力を入れた。

「っあ、未…」

出したい。でもまだ、出したくない。鷹臣に対する対抗心も当然あるが、それ以上にもっともっと我慢して、気持ちよくなりたかった。

「童貞ちんぽ咥えてるお前の穴がどうなってんのか、全部見えちまってるってよ」

塔野の頬を右手でくるんだ鷹臣が、耳元で教える。んん、と声をもらした塔野の尻が、苦しむように左右にくねった。

「っ、あ、いきなり締めちゃ駄目だって、未尋さん」

「優等生、先生が困ってるぜ」

笑い、鷹臣が色づいた塔野の耳をつまむ。乳首をくすぐり、引っ張るのと同じ動きだ。くにくにと敏感な軟骨をいじられ、塔野が泣き出しそうに喉を窄《すぼ》める。

「んう…」

「上手《うま》いな、塔野。そのまま舌の先を尖らせて、ぐりぐり動かしてみろ。さっき教えてやっただろ」

紅茶色の目を覗き込み、鷹臣が唇を大きく開いた。

ただでさえ官能的なその隙間から、ぬっとぬれた舌が突き出される。

この舌を、つい今し方どう使ったのか。

露骨な仕種で示されて、塔野が喉の奥で呻いた。ぎゅうっと尻に力が籠もり、ぬれた肉が捻る動きで陰茎を締めつけてくる。

「ッだ、から、反則だって…っ」

こらえようにも、こらえきれない。

奥歯を嚙んで、ずぶ、と深く進んだ。

「うんあ、お」

「塔野…」

身悶えた塔野の喉が当ったのか、鷹臣が肺から息を絞る。ひどく気持ちよさそうなのは、遊馬と同じだ。

塔野の口腔がどれほど熱く、ぬるついているか。遊馬だって、よく知っている。

舌の動きはぎこちないが、絡みつく感触は陰茎が溶けそうなほど気持ちよかった。少し奥まで進むと、怖がって喉が締まるのもたまらない。窒息に怯《おび》えるだけでなく、塔野にとってそこは性感帯でもあるのだ。むっちりとした亀頭で口蓋《こうがい》や嘔吐反射を覚えるより少しだけ浅い場所をくすぐると、ふるえながら咽頭がうねった。

「はぁっ、ぅう…」

「そのまま先っぽに上顎を擦りつけるんだ。できるだろ、優等生」

うんと気持ちよくなれるぜ。

誘う鷹臣にぐぽぐぽと頭を揺すられ、白い背中が悶える。

きれいに浮いた肩胛骨《けんこうこつ》の影が、毟られた翼の痕跡みたいだ。そんな甘ったるい想像ごと、下腹を焼く熱に脳味噌が溶ける。

「やべ…、イっちまう」

半開きの唇からこぼれる息は、我ながら莫迦莫迦しいほど早くて浅い。

再びプログラムに戻ることを許されたとはいえ、塔野に触れられなかった期間は遊馬にとって長すぎた。復帰後、幼馴染みを独占できているわけでもないのだ。それは鷹臣たちにとっても同じだが、飢餓と嫉妬で正気を失うかと思った。癒《い》えるはずもない飢えに背中を押されて、どろっとした熱が腰に溜まる。

「未尋さ…」

「んむ、あ…」

敏感な口蓋を陰茎で刺激されると、我慢できないのか。悶える塔野の尻が、ぐ、と上に持ち上がる。背後の遊馬に尻肉を押しつけ、欲しい場所にペニスを誘導する動きだ。無論、塔野にその自覚があるかは分からない。だが懸命な動きで陰茎を圧迫され、声がもれた。

「っ、待…」

「ひァっ」

こらえきれず、ばちん、と音を立てて腰を突き出す。いい所を抉《えぐ》ったのか、甲高《かん》い喉音が耳に届いた。その声が消えるのを待たず、陰茎をずるっと引き出して大きく揺する。

「っァ、んあ…」

「くっそ。フェラしてる時、未尋さんこっちの口もこんなふうに動いちまうんだ…」

感嘆が、噛み締めた歯の隙間からこぼれた。

恥ずかしい場所の動きを言葉にされると、一層感じるのか。いやいやとくねった塔野の尻が、よりきつく遊馬の陰茎を締めつけた。

たまんねえ、と呻き、止めることもできず腰を突き出す。

「んんァ、む、ぅぐ」

「マジ、反則でしょ、こんなできのよすぎる生徒」

唸る自分の声を聞きながら、腰をぶつける勢いで奥までもぐった。さっきまでより、ずっと深い。ばちゅん、と派手な音が鳴って、とろけきった穴からあたたかい体液が飛び散った。

「んぅん、お…」

「おいおい、責任転嫁されちまってるぜ、優等生」

「だってマジ、未尋さんの体、すげ…」

ずるん、と腰を引くと、雁首《かりくび》の段差が敏感な場所を掻き上げるのか。張り詰めた尻に鳥肌を立て、ぶるぶるっと痩軀がふるえた。

「これも、好きでしょ？」

意地が悪いくらい、甘い声が出る。

「ここぐりぐりすると、未尋さんすげえ声出るって知ってた？」

膨れきった亀頭の形を意識しながら、前立腺より少し奥を前後に捏《こ》ねた。

塔野の反応から、学んだ場所だ。腸壁越しに、精嚢《せいのう》を圧迫されるのか。あるいは前立腺を叩かれる期待に、性感が高まるのかもしれない。かは、と詰まった息をもらした塔野の唇から、鷹臣の陰茎がこぼれた。

「っひァ、はっ、が」

唐突に流れ込んだ空気に、華奢《きゃしゃ》な体が咳き込む。

かわいそうだと思っても、腰の動きを止められない。ぶるんと揺れた鷹臣の陰茎が、とろけきった塔野の顔を打った。

「おい、ちゃんと口窄めとけって最初に教えただろ」

咎める鷹臣の掌が、言葉とは裏腹に塔野の背中をさする。胸元までを撫《な》でた手が、皺を寄せる乳輪ごと乳首を捻った。そこはきっと、ころころに腫れていたのだろう。不意の刺激に、塔野が爪先までを硬直させた。

イってしまったのか。

ぎゅうっと締めつけてくる肉の熱さが愛おしくて、前のめりに体が動いた。

「っあ、っはあァ」

「こっちも、未尋さん敏感だけど」

体重を乗せて突き上げると、とろけきった声が立て続けに上がる。精嚢よりも、更に深い。結腸に至る行き止まりに近い手応えが、こつんと亀頭を押し返す。初めてセックスした時は、突こうとするだけで痛がられた場所だ。今だって怖がる様子は同じだが、それはきっと苦しいからだけじゃない。逸《はや》る気持ちを抑えて腰を入れれば、とん、と亀頭でキスするたび狭い穴が吸いつくようにうねった。

「だめ、あ…、やァ、遊…」

「分かる？　未尋さんのここ、ちゅうちゅう俺のにキスしてる」

同じ場所を狙って腰を回すたび、薄い腹がへこむ。

陰茎を引き出す動きを加えると、たまらなさそうに爪先が床を掻いた。これも、塔野の好きな動きだ。ちゃんと、覚えた。そうでなくても、イっている最中に掻き回されれば塔野に為す術はない。泣いてしまうほど、塔野を気持ちよくしてやれているのだ。腹の底から悦《よろこ》びが込み上げて、に、とこらえようがなく唇が歪んでしまう。

「ぁあっ、や、遊、苦し…」

「苦しいんじゃなくて、気持ちいい、でしょ」

教え、もがく体を突き上げた。喘いだ塔野の鼻筋に鷹臣がペニスがこすれて、嫉妬に全身の血が煮える。奥歯を噛んで腰を振り立てれば、ぶるっと背筋をふるえが走った。

「未尋、さん…っ」

放出の快感に、抗《あらが》うことなく息を詰める。

高く上った塔野の泣き声が、とろりとぬれた。痺れるような気持のよさに、もう一度重いふるえが背中を包む。

気持ちがいい。

それ以外、なにも考えられない。切れ切れの互いの息が混じり合って、心臓が破裂しそうだ。いっそ、そうなればいい。たとえようのない興奮と幸福感が、脳味噌を掻き回した。

「未尋さん…」

名前を呼ぶ、それだけで総毛立つような高揚が首筋を撫でる。これが、イヴとのセックスか。いや、塔野との。

動きを止められない陰茎が、ぐぽ、とぬかるむ穴で水っぽい音を立てた。

「…あ、っぁ、も…」

もう、退《ど》いてくれ。

そう、訴えようとしたのだろう。半ば床に崩れた塔野の上体を、鷹臣の腕が掬《すく》い上げた。

「おい、まだ終わってねえだろ優等生」

耳殻《じかく》を嚙んだ鷹臣が、反り返る自らの陰茎へと塔野を引き寄せる。あ、と喘いだ唇にペニスが触れるのを許さず、遊馬は繫がったままの体を揺すった。

「ひァ」

「俺もまだ、全部教えられた自信ねえし、それに復習が大事だって、いつも未尋さん言ってるでしょう？」

振り返った紅茶色の瞳が、信じられないものを見るように遊馬を映す。

鷹臣の手を振り払い、可愛い弟分が自分を助けてくれることを期待したのか。驚きに瞠《みは》られた目は、飴玉みたいにきれいだ。

性感にとろけていても、そのうつくしさに変わりはない。あの日と同じ、宝物の輝きだ。大好きで大好きで、誰より大切な俺の幼馴染み。

「勉強頑張ろ？　未尋さん」

甘い声で強請り、遊馬は逞しい腰を揺らした。

「なめらかな水平面に、質量五キロの物体Aと、質量三キロの物体Bが互いに接する状態で置かれている。以下の図にあるように、物体Aに…」

涼しげな声が、談話室に落ちる。

退屈な物理の問題ですら、塔野が読み上げてくれればなによりも耳に心地好い。両の膝に肘《ひじ》をつき、遊馬はうっとりと息を吐いた。

「未尋さん」

欲求のままに、名前を呼ぶ。紅茶色の瞳が持ち上がり、自分を映した。

「未尋さん、キ…」

キスして、と続ける間もなく、うつくしい目がぎろりと光る。

「……なにか言ったか、遊馬」

「ッ、いえ！　お勉強、ちょー楽しいす…ッ！」

ちぎれそうに首を横に振れば、再度睨《にら》みを利かせた塔野が問題集へと視線を戻した。

日ごとに長くなる日差しが、談話室を照らしている。

昨日、この部屋でどれほどいかがわしい行為が行われていたのか。それを悟らせる痕跡《こんせき》は、どこにもない。だが確かにこの床の上で、自分は塔野にキスしたのだ。

蘇《よみがえ》る記憶に、にやついてしまいそうになる。無論、そんな表情は厳禁だ。

結局昨日は、物理の宿題そっちのけで塔野とセックスの実技実習に励んで終わった。大変有意義な放課後だったことは、言うまでもない。鷹臣という邪魔者が一緒だった点は腹立たしいが、しかしその存在に一層羞恥を煽られ、きゅうきゅうと遊馬のペニスを締めつけてきた幼馴染みは強烈に色っぽかった。

きれいで可愛くて、最高にエロい俺の大切な人。

思い出すだけで、嫉妬心と共にたまらない幸福感が胸を満たす。ペニスをおっ勃《た》てずにいるのは至難の業《わざ》だが、勃起しながら物理の問題に挑むわけにもいかないから仕方ない。

いや勃起していたところで、こんな問題難なく解けるだろう。重要なのはあんなことがあった翌日、同じ談話室で塔野が宿題の面倒を見てくれている点だ。

ちゃんと勉強するって、言ったくせに。

二人がかりで好きにされたその後、ぐったりと寝台に落ちた塔野は苦々しくそうこぼした。結局宿題は手つかずだったのだから、責められても仕方ない。風呂や食事の世話を焼きながら、誠心誠意謝罪した。セックスしたことを、謝るつもりはない。だが折角時間を割き、宿題を教えようとしてくれた塔野の気持ちを無駄にしたのは事実だった。

「遊馬。問題が解けてないのに、なににやついてるんだ」

「や。今日未尋さんに宿題教えてもらえて、本当によかったなと思って」

目を上げもせず咎められ、素直な気持ちを言葉にする。

「ありがとう未尋さん。本当に嬉《うれ》しい」

その言葉に、偽りはない。真っ直ぐに眼を上げて礼を言えば、幼馴染みの睫がぴくんと揺れた。

濃褐色の双眸を映した瞳が、くしゃりと歪む。まるで眩しさをこらえる動きだ。

声もなく揺れたその目は、やっぱりうつくしい。俺なんかより、未尋さんの瞳の方がよっぽど飴玉みたいじゃないのか。覗き込む遊馬の視線の先で、塔野の頬が桜色に染まった。

「未尋さん？」

「っ、あ…。ぼ、ぼうっとしてないで、ちゃんと図を見て問題を解け。宿題、明日までなんだろ」

遊馬から視線を引き剝がし、塔野が慌てたように参考書を引き寄せる。隣でもれた舌打ちを、同じ唇が咎めた。

「軍司、君もだ。折角予習する気になったんだから、明日の小テストで満点取れるよう頑張ってくれよ」

「満点取れたら、結婚してくれんのか？」

間髪《かんぱつ》入れず要求したのは、ソファに体を沈めた鷹臣だ。なんであんたまでここにいるんだよ。出会い頭に吐き出した罵倒《ばとう》が、再び喉元に込み上げる。

怒る塔野を拝み倒し、今日の放課後再び宿題につき合ってもらう約束を取りつけた。昨日の今日で首を縦に振ってくれるのだから、塔野は本当に遊馬に甘い。

部屋に誘ったが当然断られ、結局談話室を使うこととなった。宿題を抱えうきうきと足を運んだら、この有様だ。成績優秀者なんだから宿題くらい一人でやれよ。思わず真顔で突っ込んだが、耳を貸すことなく鷹臣は塔野の隣に収まった。

「なにふざけたこと言ってんすか。勉強は自分のためにやるもんでしょ。満点取ったら結婚してくれなんて舐めてんすか。大体、未尋さんは俺と結婚するって決まってんだし」

「遊馬」

犬のように苦い声で咎められ、不満が双眸に宿る。にやにやとそれを見遣った鷹臣が、嫌味なほど整った顎を上げた。

「筆記でも実技でも満点取れねえ奴は黙ってろ」

「あ？」

塔野の躾《しつけ》の賜物か、軍司家の男にしては自分はなかなかに気の長い方だと自負している。だがあくまでも軍司の男にしては、だ。殊《こと》塔野に関して言えば、遊馬の忍耐の上限は非常に低い。相手があの鷹臣であったとしても、二の足を踏む理由にはならなかった。ぎら、と双眸を光らせた遊馬に、塔野が制止の腕を伸ばそうとする。だがそれより早く、鷹臣の手元で低い唸りが上がった。

着信を伝える、振動だ。舌打ちしたそうに携帯端末を摑み、男が体を起こした。

仕事に関連する連絡か、あるいは研究所からの呼び出しか。いずれにしても、無視はできなかったのだろう。遊馬に視線を送った鷹臣が、端末を手にソファから立ち上がった。

「三日くれえ帰って来なけりゃいいのに」

本当は、一生でもいい。本気で呻けば、塔野が息を絞る。

「駄目だろ遊馬。そんなこと言ったら。それよりほら、宿題」

促され、遊馬はシャーペンを握り直した。

「で、これ全部解いてテストで満点取ったら俺と結婚してくれんすか？」

「…たった今、お前は軍司に対してものすごくいいこと言ってた気がするんだが」

渋面《じゅうめん》を作ったたって可愛いなんて、やっぱり反則だ。笑う代わりに、遊馬は手のなかのシャーペンをくるりと回した。

「俺が簡単に満点取れそうだから、賭けるのが怖いとか？」

強請るばかりでなく、時には挑発も必要か。ようやく二人きりになれた談話室で、遊馬は幼馴染みを見た。

「そうだな」

呆気《あっけ》ない肯定に、濃褐色の双眸がぱちりと瞬く。

「宿題は多いし、学校の試験もすごく難しいけど、でも遊馬は、頑張ればちゃんといい成績が取れるんだから」

その言葉には、なんの気負いもない。

適当な鼓舞でもなければ、アダムに対する嫉妬混じりの批判でもなかった。

「本当は僕が教えなくても、成績を維持できるってことは知ってる。それなのにお前、勉強を面倒臭がるだろ？」

きゅうっと喉の奥が狭くなる錯覚に、息もできない。

実際は、心臓か。熱い塊が左胸を叩いて、一瞬世界の全てが止まった気がした。

勉強を、面倒臭がる。その通りだ。

塔野がつき合ってくれるから、真面目に問題集を開くだけにすぎない。そうでなければ提出期限ぎりぎりの教室で、大慌てで解答を書き込むのが関の山だ。それですら、遊馬には十分事足りた。

塔野は、全てを知っている。

遊馬という男の性格も習性も、その胸の内までちゃんと理解してくれていた。その上で昨日あれほど腹を立てていたにも拘《かか》わらず、同じ談話室で宿題につき合ってくれるのだ。塔野自身の利益など、そこにはない。全てが、遊馬のためだ。

「遊馬？」

まじまじと自分を見る幼馴染みを、心配したのだろう。首を傾《かし》げた塔野に、遊馬は逞しい腕を伸ばしていた。

「ちょっ…！」

どすんと、体当たりする勢いでしがみつく。

清潔な塔野の髪の匂いと、自分たちが施したマーキングの気配とが鼻先を掠めた。

自らの心臓の半分である、ただ一人の相手と出会えたアダムは幸福だ。

お伽噺《とぎばなし》が説く通り、遊馬は誰よりも幸運なアダムだった。十代になるより早く塔野に出会い、世界はそれまでとは違う輝きを放ち始めた。この高揚感を、どう言葉にすればいい。

鷹臣が以前よりよく笑うようになった、その変化の意味が遊馬には分かる。

それ以前の世界だって十分うつくしかったが、鷹臣にとって全てはただ存在するという以上に特別な意味などなかったのだろう。心臓の半分なんて下らない迷信で、恋によって世界が色づくはずがない。そう信じていた鷹臣自身を、塔野の存在は呆気なくぶち壊したのだ。

途方もない幸福感と、左胸を蝕《むしば》む疼痛《とうつう》。

手に取るように分かる。だがだからといって、同情を寄せる気にはならなかった。だって未尋さんは、俺のものだ。

塔野がイヴだと知った時、驚きはしたが納得もした。

自分の恋情が、奇跡を起こしたとしか思えない。セトの男であった塔野が、自分の一念に応えイヴになったのではないかと真剣に考えた。それがただの幸福な思い込みだとしても、どうだっていい。セトの男だろうが絶対一緒になると決めていた塔野を、どんな形でも自分のものにできるなら過程なんかどうでもいいことだ。

この愛しい人を、手に入れる。

それだけが、遊馬の望みだ。

「大好き、未尋さん」

もう何度、同じ言葉を繰り返したか分からない。

額がくっつく近さから、真っ直ぐに声にする。衒《てら》いも手加減もない。濃褐色の双眸で覗き込むと、紅茶色の瞳がぶるっとふるえた。

「っ…」

戸惑い、警戒、動揺。

揺れた双眸に映る色は、まるで万華鏡だ。そこに入り交じる感情は、遊馬を楽観させるものばかりではない。だが自分がこの愛しい人に、綻《ほころ》びを与えているのは確かだ。

息を呑んだ塔野の、その目元に差す赤味を見逃すこともない。遊馬の双眸から目を逸らせないまま、白い首筋に血の色が上るのが分かる。薄く開いた唇は、無害な弟分には見せることのないはずのものだ。

「わ、分かったから、近…」

凜と、叱りつけようとしたに違いない。

だが間近から覗き込む遊馬の双眸に、狼狽《ろうばい》が勝ったのか。視線を迷わせた塔野の唇へと、遊馬は己の唇を押しつけた。

「っ、な、遊馬…！」

驚く幼馴染みの唇を、ぺろんと舐める。逃げようとする塔野の指に指を絡め、強く握った。

左手の、薬指だ。

ここに自分が贈った指輪を飾れたら、天にも上る心地だろう。実際つい数日前には、ハート型のダイヤモンドが眩《まばゆ》い光を放っていた場所だ。だが今は、誰の証もそこにはない。侃々諤々《かんかんがくがく》の修羅場の末、結局指輪の全ては金庫で保存されることに落ち着いたのだ。

「ちゃんと全部宿題終わったら、飴くれる？」

低めた声に、握った指先が跳ねる。

その反応は、やはり罪のない弟分に対するものではない。だが兄でいることに縋る幼馴染みは、無邪気な願いだと納得しようとしたのか。桜色の頬をしたまま、塔野が頷いた。

「勿論だ。できれば明日の予習も、頑張ろう」

俺の全部を分かっているのに、なんにも分かっていない愛しい人。

いつだって塔野は、遊馬に甘い。

その甘さにつけ込むことが卑怯だなどと、露ほども思わなかった。

「大好き、未尋さん」

絶対俺だけのものにして、飴玉みたいに溶かしてやる。

アダムの赤心
イヴの炯眼

失恋したら、アダムは死ぬ。

嘘《うそ》はない。それは紛れもない、真実だ。

「EDなんだ」

「……は？」

かつてこれほど、冷たい声を聞いたことがあっただろうか。

怪訝《けげん》さと、批難。否定しきれない憤りとが、そのまま声になるとこうなる。その、見本のようだ。

声だけではない。自分を見る塔野未尋《とうのみひろ》の瞳には、奥歯が凍りそうな冷ややかさがあった。全く以て、悪くない。

「ED、つまりエレクタイル・ディスファンクションの略で…」

「またなんでそんな嘘を」

溜《た》め息《いき》も交えずに、紅茶色の双眸《そうぼう》が軍司志狼《ぐんじしろう》を睥睨《へいげい》する。

惚れ惚れするほど、うつくしい容貌《ようぼう》だ。

繊細に整った品のよい顔立ちが、今は総毛立つほどの冷淡さを纏《まと》っている。

そうでなくても、薄い唇や切れ長の双眸にはひんやりとした艶《つや》が香った。咲き誇る花弁が撒き散らす、噎《む》せ返るような芳香とは異なる。綻《ほころ》び始めた花弁が孕《はら》む、禁欲的なうつくしさだ。長い睫《まつげ》の一筋にまで滲《にじ》む清潔さこそが、塔野を例えようもなく甘く魅力的なものに見せていた。

「君に嘘はつかない。私は勃《ぼっ》起《き》不全なんだ」

「……大丈夫ですか？　先生」

それは決して、志狼の勃起不全を心配する言葉ではないのだろう。

低められた声は、高校二年生の少年らしい手厳しさを隠さない。尤《もっと》も、目の前の存在を少年と呼ぶのは正しくはなかった。

塔野は、イヴだ。それも、性移行期をほぼ終えようとしているイヴだった。

稀少《きしょう》なイヴのなかでも、特に珍しく神秘的な存在。三毛猫の雄と同じだ。稀《け》有《う》なイヴは、その所有者に幸福をもたらす。寝台のなかでは、特に。

陳腐《ちんぷ》な迷信は、いつの世も彼らについて回った。

男のイヴに限らず、イヴに生まれつくことは、そして人目を惹《ひ》きつける美貌に恵まれることは、必ずしも福音《ふくいん》とはなり得ない。うつくしさ故に崇拝されもするが、それ以上に欲望の対象とされることの方が多いのだ。塔野にとっても、それは変わりない。

プログラムの参加者であるためだけでなく、白い肌へはいつだって無遠慮な視線が突き刺さった。登下校時は無論、授業中の教室内においてさえ彼を盗み見ようとする者は多い。回廊へと通じるこの通路に志狼以外の視線があったなら、それらは例外なく塔野を注視していただろう。

「大丈夫ではないな」

率直に頷《うなず》いた志狼に、塔野がポケットを探った。差し出された白い手が、志狼の掌《てのひら》に赤い包みを落とす。

甘い香りのする、飴玉《あめ》だ。

「やっぱり…。最近、風邪が流行《はや》ってるみたいですから、保健室で休むか病院に行った方が…って、なにしてるんです先生」

「君が言う通り、休もうと思って」

軽く首を傾《かし》げ、自らのネクタイへと手をかける。厳《いか》つい指を結び目にねじ込むと、塔野の肩が跳ねた。

塔野に限らず、志狼と対峙《たいじ》すれば大抵の人間が息を呑《の》んだ。

隆々とした体軀《たいく》にたじろぎ、男らしく整った容貌に気圧《けお》される。力強く形のよい眉《まゆ》の流れと、鼻筋の確かさは志狼たち兄弟に共通するものだ。浅くうつむくまでもなく、彫りの深い目元には濃い影が落ちた。精悍《せいかん》な容貌を見上げたきり、ぽかんと口を開いて立ちつくす者も少なくない。むしろ塔野はそんな志狼を前にしてさえ、視線を逸《そ》らすことのない数少ない人間と言えた。

それでも目の前で襟元をくつろげられれば、焦るのだろう。意図を持って見せつけているのだから、そうでなくては困る。

そもそもEDだと告白したこと自体、特別な意図があってのことなのは言うまでもない。

「や、休むってここ廊下ですよ。ちゃんと保健室か部屋に移動してから脱いで下さい」

「そうだな。部屋に送ってくれないか、塔野君」

時刻は、すでに放課後を迎えている。図書室へと向かう途中だった塔野を見かけ、廊下で呼び止めた。予定を変更させてしまうことにはなるが、互いにこのまま校舎を後にしても問題はないはずだ。

厚顔な要望に、塔野が再び大きく瞬《またた》く。

その目に浮かぶのは、呆《あき》れと警戒だ。

同時に、わずかな逡巡《しゅんじゅん》もある。あまりの図々しさに虚を突かれたのか、あるいは本当に幾許《いくばく》かでも心配してくれたのか。咄嗟《とっさ》には言葉を返せない様子に、思わずちいさな息がもれた。

「っ、な…！」

志狼が笑ったのだと、理解したのだろう。はっと眦《まなじり》を吊《つ》り上げた塔野を見下ろし、志狼は逞《たくま》しい肩を揺らした。

「すまない。君は慎重で、洞察力にも優れている。相手がアダムだろうとセトだろうと態度を変えることなく、正義感が強くて物事を簡単に諦《あきら》めない。なにより真面目《まじめ》で、そして親切だ」

「…僕が仮病に騙《だま》される莫迦《ばか》だって言いたいんですか」

そう、君は実に聡明だ。

まかり間違っても、塔野を莫迦だなどと侮れる理由はない。塔野の双眸に滲む批難の色にこそ、笑みが深くなった。

「まさか。言っただろう。私は、君に嘘はつかない」

ただ、と言葉を継いで、半歩踏み出す。白い大理石の廊下に、淡い影が波紋のように重なった。

「君にそんな目で見られると、勃起してしまいそうだがな」

「ッ！　ぜ、全然ＥＤじゃないじゃないですかっ！」

悲鳴じみた抗議が、廊下に響く。本当に、勃起してしまいそうだ。

「ＥＤとはなにも、勃起できないことだけを指すわけじゃない。君のような年頃ではぴんとこないかもしれないが、所謂《いわゆる》中折れなども含め、つつがなく性交を完了できない場合も含む。…しかし、君の口からＥＤだの勃起だの性交だの、医学用語とはいえこう大っぴらに叫ばれると若い生徒たちがうっかり勃…動揺してしまいそうだな」

「ＥＤ以外の単語を口にしたのは、みんな先生お一人ですよっ」

おっと、確かにそうだったか。男っぽい顎《あご》に手を当て、志狼はちいさく唸《うな》った。

記憶力に優れ注意深いところも、塔野の称賛すべき美点だ。

「生徒たちは多感だからな。ＥＤという言葉だけで十分だろう。大体君にその気がなくても、塔野君の魅力は絶大だ」

「……女王効果の影響は否定できないのかもしれませんが、でもそれは、あくまでも生理現象です。迷惑をかけている点は申し訳ないと思いますが…」

垂れ流される魅力というものを、塔野は自らが発する女王効果を指す言葉だと受け取ったらしい。

イヴは美貌とうつくしい声のみならず、存在そのもので周囲を魅了する。多くの場合、それは女王蜂が持つ力に例えられた。たった一匹で群の全てに影響を及ぼし、唯一雄を惹きつけ交尾を果たす者。

これほどイヴに不似合いで、グロテスクな名称もないだろう。

だが程度の差こそあれ、イヴは常にこの女王効果を発しているとされている。イヴが集団に紛れ込めば、それと気づかなくとも周囲はそわそわと落ち着きをなくした。視線を惹きつけられ、イヴから意識を切り離せなくなる者もいる。影響を受ける側にも個体差はあるが、大抵それは性的な興奮へと直結した。

何故《なぜ》イヴにだけ、そうした機能が備わっているのか。

子供をなしづらいアダムを活性化させるためだと言う者もいれば、心臓の半分を見つけるための原始的な信号だと考える者もいる。いずれにしたところで、イヴにとっては迷惑な話だろう。

塔野が言う通り、イヴ自身にも女王効果を制御する術《すべ》はない。汗をかくだとか、くしゃみが出るだとかいった生理現象にすぎないのだ。その不便極まりない影響力が、塔野の場合は群を抜いて強烈だった。

自覚もないまま、誰もが狂わされる。

過日、この校内で起きた一件がいい例だ。

幸い移行期の山場を越えた今は、塔野の女王効果も一頃に比べれば落ち着き始めている。それでも尚塔野が視線を集めるのは、女王効果の影響だけではない。そんなもの以上に無視しがたい魅力があるのだと、塔野自身だけが今日に至っても理解できていないのだ。

「違うな、塔野君」

「いえ、男のイヴのサンプルケースが少ないとはいえ…」

「君のそういうところが、勃起しそうなほどたまらないと言ってるんだ」

生真面目に続けようとした塔野の口元へと、深く屈《かが》む。

鼻先も、触れてはいない。だが真上から覆い被さる影の近さに、言葉ごと塔野が息を呑んだ。

この距離が、なにを意味するのか。

自分の魅力には無頓着な塔野ですら、理解できたらしい。これまで強いられた経験が、嫌でもそうさせるのか。ぎく、とふるえた紅茶色の双眸のなかに、自分が残した傷痕《あと》をまざまざと見る。

かわいそうに。

傲慢《ごうまん》にも、そう思う。

塔野を怯《おび》えさせ、取り返しのつかない経験を強いたのは言うまでもなく志狼自身だ。だが許されるなら両手で包み込んで、彼を脅《おびや》かす全てから遠ざけてやりたいと思う。無論そんなものはむしがいい願いであるだけでなく、軽蔑に値する思い上がりだ。意図せず、にた、と唇の端が歪《ゆが》むのが分かった。

自嘲からは、ほど遠い。

笑みの形をした唇のまま、志狼は薄い唇へと唇で触れた。

「先、な…」

驚き、首を振って逃れようとした塔野の鼻先が、自らのそれに当たる。

顔を傾《かたむ》けて唇を追う代わりに、自分を押し返そうとする左手を摑《つか》んだ。手首から掌、指先へと指を使って撫《な》で上げる。そうしながら肩で迫《せま》れば、押し出される形で痩軀《そうく》が後退《あとじさ》った。

「つあ」

逃れようとしたその先は、一抱えもある大理石の円柱だ。背中に当たった感触に、塔野の意識が一瞬逸れる。揺れた眼球の動きを見逃すことなく、唇へと低い声を吹きかけた。

「塔野君」

敬称をつけて呼びかけると、庇護欲を搔《か》き立てられると同時に、曲がりなりにも自分が教師の立場にあることが思い出された。

大人に対し、そして教員というものに対して寄せられていた塔野の信頼を、自分こそが裏切るのだ。

安っぽい背徳感は、だからこそ舌に甘い。

混乱を映す瞳を捉え、暴れる指に指を絡める。痛む直前の力で握ってやると、あ、と崩れ落ちそうな声が唇に当たった。

「先…」

角度をつけて、唇を重ねる。

表面を擦り合わせるだけの、軽いキスではない。最初から不意打ちの深さで噛《か》み合わせれば、んあ、と驚きに塔野の唇から声がもれた。唇越しに染みた振動の甘さに、舌先どころか脳髄までが痺《しび》れる。

「んあ、う…」

薄い塔野の唇は、見た目以上にやわらかい。

べろ、と割れ目に添って舌を使えば、絡めた指ごと痩軀がふるえた。懸命に唇を引き結び、拒もうとするがそんな抵抗は可愛《かわい》いだけだ。待つまでもなく混乱に呼吸が乱れ、首を振って逃れようとした弾《はず》みに歯列がほどける。ちいさな攻防を楽しみながら、角度を変えて舌を伸《の》ばした。

「っふ、あっ」

舌に触れた、ぬれた感触にぞくりとする。

本当に、勃起できてしまいそうだ。

自分とは違う唾液《だえき》の味にも、興奮した。塔野の、味だ。指を捕らえていない左手で、そっと白い頰《ほお》を手探りする。

「んん、あ、は…」

唇と、指先、そして頬を撫でられる刺激に、絡めた舌がひくついた。

キスをしながら体をさすられることが、塔野は好きだ。本人が自覚しているか否かは分からない。

だが頬骨の形を人差し指で撫で、時折耳殻《じかく》の凹凸をくすぐると呻《うめ》く息が鼻から抜けた。耳と同じくらい、顎下もまた塔野の好きな場所の一つだ。耳への刺激に慣れてきた頃、する、と顎下をくすぐれば舌先ごと腰が跳ねた。

「う、っは…、ひぁ」

ずっぷりと深く舌を含ませ、重ねた指の股に指を這わせる。

刺激は、常に多角的であるといい。舌の動きにだけ没頭させるのも悪くはないが、敏感な場所を同時にいじってやると経験の浅い体は戸惑いに揺れた。対応しきれず、無防備になる場所を丁寧に虐《いじ》めてやれば、とろ、と唇の端から涎《よだれ》が垂れる。

「先…」

いいように吸われ、搔き回される口腔《こうくう》は口蓋《こうがい》どころか喉《のど》の奥まで痺れているのだろう。耳のつけ根をくすぐりながら軽く吸い上げると、ぎゅうっと塔野の喉奥が緊張した。

まるで、ペニスを咥《くわ》えた穴と同じだ。うねる口腔の卑猥《ひわい》さに、興奮が下腹を舐《な》める。

「あ…、先、生」

性交の最中そのものの舌使いで絡んだ舌が、下方へと逃げた。気がつけば、大きく傾いだ塔野の痩躯が柱伝いにずる、と崩れる。

「んぁ、はっ、あ…」

解けた互いの舌から、混ざり合った涎が伝った。

足りない酸素と、高められた口腔の感度に思考が追いつかないのか。茫然《ぼうぜん》と瞬く塔野の双眸が、低い位置から志狼の唇を見上げる。禁欲的な優等生の面影など、微塵《みじん》もない。キスの続きを、欲しがる目だ。深く屈んで唇を差し出してやると、半開きの唇のなかで桃色の舌が動いた。

餌を強請《ねだ》る雛《ひな》そのままに、てらつく舌が伸びる。

舌を差し出し応《こた》えれば、二つの舌先がぴちゃりと絡んだ。

「…ん、あ」

充足の呻きが、塔野の唇からこぼれる。だが次の瞬間、それは唐突に断ち切られた。

足音が、耳に届く。

笑い合う生徒の声がそれに重なり、ぎょっと腕のなかの体が跳ねた。

正気に返ったと、言うべきか。塔野にとっては、心臓を握り潰《つぶ》されるような衝撃だったのだろう。ひく、と喉が引きつると同時に、痩《や》せた体が飛び起きた。

「な…、あ…」

体は、とろけきっていたのだ。

性衝動によって雄は前のめりになるが、受け入れる側は快感と共に弛緩《しかん》する。殊《こと》にイヴは、性交時にはドーパミンの分泌量が増えるとされていた。平たく言えば、感じやすいのだ。

男のイヴであり、膣《ちつ》ではなかった場所を性器に作り替えられた塔野においては、その特徴が顕著だった。

一度快感に呑まれてしまえば、清潔そのものの優等生が甘くとろけてキスに応えてくる。その差異に興奮する自分は、模範的な大人とは言いがたい。分かってはいても我に返り、心底動揺しながら口元を拭《ぬぐ》う塔野を見ると、ぞくぞくと愉悦が背筋を舐めた。

「っあ…」

談笑する生徒の足音が、柱のすぐ横を通りすぎて行く。志狼の体軀と柱の影になり、塔野の姿はほとんど見えなかったはずだ。それでも人目を惹く二つの影に、生徒たちが思わずといった様子で視線を向けてくる。

その無遠慮さに、塔野が弾《はじ》かれたように床を蹴った。

「待ちなさい、塔野君」

「ふ、ふざけるのはやめて、少しは頭を冷やして下さい…！」

引き止めようとした志狼の腕を、白い手が振り払う。

あれほど口づけに紅潮した頰が、今は痛々しいほど青褪《ざ》めていた。それでも潤んだ目元とうっすらと汗ばんだ肌の艶やかさは、性交時そのままの卑猥さを隠せていない。そんな塔野を、人目のある校舎で一人にできると思うのか。

「困った生徒だ」

振り返りもせず走り去る背中に、息がもれた。その唇が笑っているだろうことを、自覚する。

甘い唾液にぬれたそれを、志狼はべろ、と舌で拭った。


微《かす》かに、空気が動く。

談話室の床に敷かれた絨毯《じゅうたん》は、目の詰まった分厚いものだ。羊毛で編まれたそれを、磨き上げられた革靴が静かに踏む。

「確かに頭を冷やして下さいとは言いましたが、窓を開けっ放しにしろとは言ってませんよ」

嘆息混じりの小言が、窓辺に落ちた。不意に空気の流れを意識して、ちいさな咳が込み上げる。使い込まれた革張りのソファに体を預け、志狼は読んでいた資料から視線を上げた。

ほっそりとした手が、中庭に面した窓を閉じる。

古い製法で作られた硝子《ガラス》はうつくしく歪んで、そこに映る景色を滲ませていた。窓に限らず、寮の談話室に並ぶのはどれも年月を重ね艶を増した調度品ばかりだ。厚みのあるカーテンまでを曳《ひ》き、すらりとした痩軀が志狼を振り返る。

「すまない、開けたままだったか。塔野君、君、夕食は？」

素直な謝罪と共に、志狼は腕の時計へと眼をやった。

談話室で資料を読むうち、つい熱中していたらしい。日が落ちると、この時期はまだ気温が下がる夜もある。気がつけば、すでに時刻は消灯時間を迎えようとしていた。

「僕は食べました。軍司がそろそろ戻るみたいなんで、なにか運んどいてやろうと思って来たんです」

隣の窓も施錠した塔野が、食堂へと目を向ける。

志狼を含め、特別プログラムの参加者だけが集められたここは、多くの点において一般の寮とは違った。消灯時間に強制的に明かりを落とされることもなければ、決まった時間に食堂へ集められることもない。無論消灯時間は存在するし、夕食が提供される時間に限りはあった。だがそれを遵守《じゅんしゅ》しなくとも、責められることはないのだ。

元々、特例づくしの入寮者が集まる寮だ。プログラムの進行の妨げにさえならなければ、大抵の問題は不問に付された。

「そういえば、鷹臣《たかおみ》は放課後に呼び出されたようだな。寮には一度も戻ってこれなかったのか」

実弟の予定を思い描き、読んでいた資料を小円卓《サイドテーブル》へと戻す。

読書灯の明かりが灯された談話室は、食堂に続いて広い部屋だ。大きな暖炉が設けられ、それと向かい合う形でゆったりとしたソファが置かれている。学生向けの寮というより、品のよい私邸の居間を思わせた。しかし壁の一面には本棚が造りつけられ、窓辺には書き物机が置かれている。志狼が体を預ける一人用のソファも、そうした類のものだ。

「いえ、寮で予習してる最中に呼び出しが入ったんです。そのまま夕食は食べずに出かけて…。先生は、ちゃんと食べましたか？」

気遣う塔野に、唇が綻びそうになる。彼は、実にやさしい。

一昨日《いっさくじつ》の放課後、自分たちの間でなにがあったのか。塔野が忘れているとは思えない。その証拠に、志狼の手が届く距離に塔野が近づく気配はなかった。

警戒、しているのだ。

それでも冷気に晒《さら》される志狼を見かければ声をかけずにはいられないし、自分や弟の軍司鷹臣の食事にまで気をかけてくれる。それが、塔野だ。

「夕食は終えたが、デザートが君だというなら喜んでいただこう」

「…公共の場で卑猥なことを言うのは、寮の規則で禁止にしませんか」

真顔で訴えられ、志狼が両手の指を組み直す。

「今のなにが卑猥だったか、具体的に教えてくれないか塔野君」

教師の声で問えば、生真面目な唇が苦々しく引き結ばれた。

「先生の存在自体が卑猥だって言ってるんです」

「それは僥倖《ぎょうこう》だな。むしろ食べてくれ、私がデザートだ、と言える程度には厚顔であってもよかったわけだ」

私としたことが、選択を誤ったらしい。顎を引いて自省すれば、塔野が辟易《へきえき》と息を絞った。

「それじゃあまるで、先生が謙虚だったたって言ってるみたいじゃないですか」

許されませんよ、そんな嘘。

深々と呻かれても、揺れてしまう肩を止めることはできなかった。

「手厳しいな」

「先生が言動を改め、寮内の健全性に貢献して下さるなら僕も反省し、失礼な物言いを慎《つつし》む用意があります」

繁殖を目指すプログラムの主旨からして、この寮で風紀を保とうなど無理な話だ。塔野も分かりきっているのだろうが、提案せずにはいられないらしい。こんなプログラムの最中にありながら、どうにか秩序を見出そうとするのはいかにも真面目な彼らしかった。

「生徒の君に、また怒られてしまったな」

ふふ、と笑った志狼を、紅茶色の双眸が睨《にら》む。その視線が、不意にその手元に留《と》まった。

「…それって」

何事かに気づいた様子で、塔野が声をもらす。

「それって…、軍司の資料、ですか？」

呑み込むことは、なかったのだろう。硬さを帯びた声が、短い逡巡の末に尋ねた。

「全部ではないが、いくつかはそうだな」

勘のよい彼が、推測した通りだ。積み上げられた資料には、鷹臣に関するいくつかの報告が含まれていた。

「…前回の検診では、軍司の体調に大きな変化はないとの結果だったそうですが、本当、ですか…？」

切り出すべきか、再び躊躇《ちゅうちょ》を見せた塔野が舌先で唇を湿らせる。無意識の動きなのだろう。ぎゅっと握られた白い指先を、志狼は硝子越しの視線で撫でた。

「安心しなさい。授業時間中に伝えた通り、鷹臣の検査結果はすこぶる良好だ」

ほっと、塔野が息をほどく。背凭《せもた》れから体を起こし、志狼は逞しい膝《ひざ》へと左右の肘《ひじ》を置いた。

「これも説明した通りだが、鷹臣の傷は完治したと言っていい。現在のところ、なんの問題もない。だが問題があるとすれば、そこだ。損傷を受けた部位と深さから考え、通常であれば即座に全身の機能が停止してもおかしくなかった傷だ。それにも拘《かか》わらず、あいつは回復した。驚くべき早さで」

あの夜、鷹臣は心臓に決定的な損傷を負った。

だがそれは、弟から命を奪うには至らなかった。左胸から夥《おびただ》しい血を流したにも拘わらず、鷹臣は生還を果たしたのだ。

「怪我を負ったが、回復した。状況を説明するとしたら、それ以外に言葉はない。治癒後の組織にも、幸い異常は見られないままだ」

鷹臣の細胞は目覚ましい速さで増え、損傷した組織を修復した。だが傷が治癒した後までも、それらが異常な増殖を続けることはなかった。修復の速度こそ正常とは言いがたかったが、再生された組織は極めて健常なものだった。

それこそ負った損傷など、取るに足らないとでも言いたげに。

無論、鷹臣が身に受けたのは些細な切り傷などではない。鷹臣自身言葉にはしないが、あの夜弟が感じた痛みは到底生きては耐えられないものだったはずだ。

「不整脈などの兆候もないって、保険医の先生が教えて下さいました」

「そうだな。今のところは」

今のところは。

冷静な志狼の言葉に、塔野の口元が強張《こわば》る。指先に力が籠《こ》もり、紅茶色の瞳が一度だけ床へと視線を落とした。

「……僕も、なにか役に立てることはありませんか？　今みたいな、検査だけじゃなくて…、もっと協力できることがあるんだったら…」

いつから、思い詰めていたのか。今日この場で、思いついたことではないのだろう。凍えたような目で瞬き、塔野が自分の左胸に手を当てた。

「軍司の体調と、僕が心臓の半分かもしれないことがどの程度関わっているか、僕には分かりません。でも、軍司の体調をモニターするだけでなく、僕にもできることがあるなら、おっしゃって下さい」

鷹臣が怪我を負うに至った一件の後、志狼は二つの選択肢を塔野に示した。

一つは学園に戻り、特別プログラムを継続していく道。もう一つは学園を辞《や》め、志狼たち一族が実質的な経営を担う研究機関ですごす道だ。

研究所に囲い込めれば、塔野の身の安全は確保しやすくなる。だがそれは、あくまでも志狼たちにとっての都合だ。檻に入れれば守ってやると言われ、手放しで喜ぶほど塔野は莫迦ではない。

そうかといって、学園に留まることも安楽とは言いがたかった。プログラムから逃れられないまま、好奇と好色の目に晒され続ける。加えてあの夜以来、畏怖の色までもが塔野を見る視線に混ざり始めた。

どちらも、選びたくなんかない。それが本音だっただろう。それにも拘わらず、塔野は鷹臣と共に学園に戻ることを選んだ。

「君がそこまで心配してくれていると知れば、鷹臣の奴《やつ》は幸せすぎて心臓が止まるんじゃないのか」

純粋な感嘆が、こぼれる。

咎《とが》めるように、紅茶色の瞳が志狼を見た。

「先生、僕は…」

「塔野君、君は今でも十分我々に協力してくれている」

定期的な検査を強いられているのは、なにも鷹臣だけではない。

プログラムのための健康診断に加え、塔野は志狼が求める全ての検査に応えてくれていた。検査そのものは、決して実験的なものではない。だが危険性の有無とは別に、性移行期を迎えた塔野にとって、体を検分されるのは歓迎できるものではないだろう。だがあの夜以来、塔野は検査に関しどんな弱音もこぼしはしなかった。

「軍司が怪我をしたのは、僕のせいです。それに軍司の体に僕が影響を及ぼしているんだとしたら、今以上に僕を調べる必要があるんじゃないですか」

「妬《や》けるな」

率直に呻けば、きれいな色の双眸が見開かれる。

まるで、世界を染める暁《あかつき》だ。吸い込まれそうなその色へと、志狼は右腕を伸ばした。

「鷹臣を心配してくれる君の気持ちは、あれの兄として大変ありがたい。だが君の夫候補のアダムとしては、複雑なところだ」

警戒を、怠っていたわけではないだろう。だが距離を保っていたはずの塔野の腕に、志狼の指先は易々《やすやす》と届いた。

ぎくりと揺れた指に、指を絡める。振り払おうとするのを許さず、よろめいた体ごと白い手を引き寄せた。

「先…」

「君は、私の心臓の心配もすべきだ。塔野君」

失恋すれば、アダムは死ぬ。

それは、塔野に与えた真実の一つだ。

塔野が鷹臣にだけかまけるのなら、己の心臓もまた弟のそれと同じように血を流す。下唇を突き出して強請れば、紅茶色の目が驚きと共に志狼を見た。

「ふ、ふざけないで下さい、先生。そんな顔をしても駄目です」

「どんな顔か詳しく聞きたいところだが、ふざけてなどいない。言ったはずだ。私は君に嘘はつかないと」

真顔で伝えた言葉さえ、塔野の信用は勝ち得られなかったらしい。詰まるところは、人徳というやつか。唸る代わりに、志狼は塔野の指へと唇を押し当てた。

「昨日君がくれた飴は、実に美味《うま》かった」

「…え？」

なにを、唐突に。そんな戸惑いを映した双眸を見上げ、志狼は白い指に歯を当てた。

「あんなに美味い飴をもらったのは、初めてだ」

重ねた言葉にも、嘘などない。

だがやはり信じた様子もなく、塔野が眉を顰《ひそ》める。

「あんなもの、購買で買えるただの飴ですよ」

「君が、くれたからだ」

唇に触れる塔野の肌は、少しだけ冷たい。この薬指に、自分が贈った指輪が輝いていたとしたら、どれほど幸福だろう。左手の薬指は、心臓に最も近い。取るに足らない迷信にも拘わらず、多くのアダムがイヴの心臓と自らを結びつけようと躍起《やっき》になった。

自分もまた、そんな愚かなアダムの一人でしかないことを思い知らされる。

二つの色に輝く、神秘的なアレキサンドライトでなくてもいい。思いきり歯を立てて、二度とは消えない痕をこの指に刻めたなら悦《よろこ》びで心臓が溶け落ちるだろう。

「弟たちにとっても、同じだったはずだ」

弟たち、という言葉に、塔野の睫がぎくりと跳ねた。

「アダムという生き物が、全てそうだとは言わない。だが少なくとも我々三人は、実にロマンチストな生き物だ。その上、諦めが悪くて執念深い」

「…自覚していらっしゃるならなによりです」

苦りきった塔野の嘆息に、笑い声がもれる。

意外にも明るく響いたそれは、塔野をひどく驚かせたらしい。こぼれた歯列が余程珍しかったのか、形のよい唇がぽかんと開かれた。

「当然だ。私が何年、私という男とつき合ってると思ってる」

自分がいかに頑迷で、たった一つのことに執着する生き物であるか。それを自覚するのに、志狼の人生は十分な長さを持っていた。

「十歳になるかならないかで、君と巡り会えた遊馬は幸運だ。大多数のアダムが自らの心臓の半分を探し求め、巡り会えないまま孤独な旅路を閉じる。その苦しみに比べれば、君に文字通り心臓を捧げられた鷹臣は誰よりも幸せな男と言えるな」

「莫迦なこと言わないで下さい…！」

撲たれたように、塔野が声を尖《とが》らせる。

怒りの、響きだ。青褪めた唇をふるわせ、塔野が大きく首を横に振った。

「幸せなわけないじゃないですか！　あなたがそんなお伽噺《とぎばなし》を吹き込むから、軍司も遊馬も無茶をするんです」

「決めたのは、弟たち自身だ。君に恋に落ちたのもな」

誰かに背を押されたわけでも、強いられたわけでもない。

むしろそんなものに左右される程度の気持ちなら、幸せだっただろう。アダムとしての本能や、イヴが撒き散らす魅力すら関係がなかった。それらが駆り立てるのは、所詮性欲くらいでしかない。性欲より強烈で、死すら救いにならないほど重いからこそ、この恋情は厄介なのだ。

「失恋したら、アダムは死ぬ。愛するただ一人を失えば、どれほど強靭《きょうじん》な心臓を持つアダムだろうと、その先にあるものを生とは言えない。鼓動が一つ胸を打つごとに、死より深い絶望に苛《さいな》まれる。ただ一人に出会う前に味わう寂寞《せきばく》など、甘い夢だったと思えるほどに」

逃れようとするのを許さず、絡めた指を自らの左胸へと押し当てる。塔野の掌を介し、自分自身の鼓動が伝わる心地がした。

「鷹臣にとって、君を失うくらいなら心臓をぶち抜かれた方が遥かにましだった。それだけのことだ。君は迷惑なお伽噺だと言うだろうが、我が身で味わえば分かる。私だってそうだ。君という存在を知ってから、ずっと」

「ずっと、って…」

その言葉に、特別な含みがあったとは思えない。だが聡明な双眸が、なにかを拾い上げて瞬いた。

「ずっと、だ」

にた、と歪んでしまう口元を隠せない。

引き寄せた指先に、志狼は恭《うやうや》しく歯を当てた。

「私が君を想ってきた時間が、どうして弟たちより短いと考える？」

「っ…」

鷹臣と塔野との出会いは、一年と少し前に遡《さかのぼ》る。遊馬に至っては、もう十年近い。

だがそれより志狼の恋情が短くて当然だと、何故断言できるのか。

言外に滲ませた可能性に、塔野の双眸がゆっくりと見開かれる。驚きのためだけではない。警戒の、色だ。その鋭敏さにこそ、口元の笑みが深くなった。

「嬉《うれ》しいよ、塔野君」

笑った形のまま、唇をもう一度薬指に押し当てる。

「信じてくれたんだな、私の言葉を」

ちゅっと密やかな音を立て、絡めた指にキスを贈った。心からの謝意を込めたそれに、紅茶色の瞳がはっと揺れる。

「っな…！　う、嘘なんですか…っ」

怒りに掠《かす》れた声までもが、耳に甘い。

弾かれたように暴れた体へと、腕を伸ばした。距離を取ろうとするのを許さず、眼の前の腰へと腕を絡ませる。

「放…！」

「俺を選べ、塔野」

低めた声に、搔き抱いた痩軀が軋《きし》んだ。

塔野君、と、教師らしい声で呼ぶのも悪くない。そうしてやるたび、腕のなかの体は緊張に強張った。だがそれ以上に彼を脆《もろ》くさせるのが、教師らしからぬ乱暴な呼びかけだ。

その響きは、志狼の本質に最も近い。

塔野にとって、志狼は一人の男である以前に教師なのだ。決して褒《ほ》められた教師ではないが、それでも分かりやすい枠組みは彼を安心させるらしい。羊の皮でも、被《かぶ》っている気分だ。大人らしく着込んだ行儀のよさを脱ぎ捨てれば、生真面目な生徒である塔野はかわいそうなほどに動揺した。

「っ、あ…」

高い位置にある双眸が、揺れながら志狼を映す。戸惑いと、年齢相応の怯え。それを突き崩す興奮に上唇を舐めると、捕らえた痩軀が大きくしなった。

「や…」

「私はいつでも、君に誠実な男でありたいと思っている」

「う、嘘ばっかり…！　一昨日だって…！」

「ああ、ＥＤの話か？」

もがく塔野に、形のよい眉を吊り上げる。強靭な志狼の腕の力に負け、塔野の右膝がソファの座面へと落ちた。

「っ、危な…」

志狼の肩に縋《すが》って体を支えた塔野が、男を睨む。

「全部、本当のことだ」

「い、いつからＥＤはエロくていい加減なことを言う駄目な大人の略になったんですかっ！」

なるほど、そうきたか。

思いがけず明快な指摘に、顎に親指を当て低く唸った。

「エロいというのは褒め言葉だと思うが、そうでなくＥＤとは先日も伝えた通り勃起不全を指すもので…」

「だから！　先生のどこが勃起不全だって言うんですッ！」

思わずといった様子で叫ばれ、にや、と男っぽい唇が歪んだ。

「どこがと言われれば、ここだな」

駄目な大人、という点は否定のしようがない。口調ばかりは泰然と応え、塔野の右手を摑んで引き寄せた先は自分の股座《またぐら》だ。ぐり、と上下に動かせば、悲鳴そのものの声が迸《ほとばし》った。

「っな……！」

「ああ、だが君が触ってくれると反応がいいな」

真顔で応え、覗《のぞ》き込む。

白衣と上着は脱いだものの、志狼はいまだ着替えをすませてはいない。スーツの布地越しに摑んだ手を擦りつけると、そこに収まる肉が疼《うず》く。情緒や技巧など、皆無だ。それでもぐにぐにと重ねた掌で刺激してやると、陰茎が硬くなる。

「ひ…」

もう片方の手でベルトを外し、手際よく着衣をくつろげた。下着から摑み出せば、ぶるんとこぼれた陰茎が塔野の手を叩《たた》く。

「君のお蔭で、今日は随分と調子がいいようだ」

「ち、調子もなにも、EDだなんて嘘をつくにもほどが……！」

ソファから降りようと、塔野が全身で身悶《もだ》えた。ソファにかけたままの志狼と向かい合い、気がつけばその膝に乗り上げそうな格好だ。腰に腕を回して引き寄せ、摑んだ右手を陰茎に擦りつければ簡単には逃げられない。

「嘘だと決めつけられるのは心外だな。言っただろう。一口に勃起不全と言っても色々ある。勃起そのものが難しいケースもあれば、勃起が長続きしない場合も含まれる」

言葉にしながら、白い指ごと自分の指をずりずりと前後させる。

まるで、自慰の介助だ。嫌がる塔野の手のなかで、やわらかかった肉が見る間に大きくそそり立つ。しっかりと剝《む》けた先端に薄い掌を被せると、滲み始めた腺液《せんえき》がぬちょ、と音を立てた。

「せ、先生の場合は、どっちも…！」

言葉そのものは勇ましいが、すでに塔野は肩で息をする有様だ。混乱に目を回し、そもそも自分がどんな主旨の罵声《ばせい》を投げているか分かっていないのかもしれない。

「勃起にも、その持続力にも問題はないと？」

授業中そのままの声で尋ね、塔野の親指を使って雁首《かりくび》の段差を揉む。

塔野の男性器を扱いてやるより、乱暴で強い力だ。そんなに強くこすったら、痛むのではないか。怯えた様子で、塔野が手の力を加減しようとする。

彼は、本当にやさしい。

同時に、自分自身が同じように刺激されることを想像せずにはいられないのだろう。唇からもれる声が、あ、と潤んで響いた。

「問題も、なにも…」

泣きそうになりながら、それでも気丈に反論しようとする唇が愛おしい。

びくつく陰茎を逆手で握るよう促し、陰嚢《いんのう》から先端までを擦りつける。ごつごつとした血管の形が、そのまま掌に伝わるのか。志狼の陰茎から目を逸らせないまま、んあ、と塔野が背中を軋ませた。

「確かに君が触ってくれていると、問題なく勃起するな」

すでに腺液をこぼしている志狼の陰茎は、塔野の手のなかで腹につきそうなほど反り返っている。

赤黒く充血した陰茎が、塔野の指を汚してぬるぬると動く様子は視覚的にも興奮を呼んだ。それは塔野にとっても同様だったらしい。首筋どころか耳までをも赤く染めながら、潤んだ双眸が志狼の股座を注視していた。

怖くて、目を逸らせないのか。

ゆるく腰を突き出すと、にゅる、と指で作った輪から亀頭が顔を出す。挿入している最中の動き、そのものだ。

「や…、先、生っ」

「君の手は、本当に気持ちがいいな」

大きく肺を膨《ふく》らませ、ふう、と深い息を絞る。

飾り気のない賛辞は、塔野の動揺を煽《あお》るに十分だ。

自分の手が、大人の男にどんな影響を与えているのか。率直に教えてやれば、塔野の耳が益々茹《う》だったように赤くなる。ぐらぐらと脳味噌《みそ》まで煮えるのか、ふらつく体が支えを求めて志狼に縋った。

そうなってしまえば、もう絡んだ指を振り解くどころではない。暴れる力を失った指ごと陰茎を扱いて、志狼は自らのシャツに手をかけた。

「あ…」

股座に引き寄せられていた塔野の視線が、剝き出しにされた志狼の腹筋の形にたじろぐ。

厚い胸板から続く鳩尾《みぞおち》は鍛えられ、無駄な肉など一欠片もない。くっきりとした影を浮き立たせる腹筋の見事さを、そして臍《へそ》の下からけぶるように始まる陰毛の濃さを、思わずといった様子で視線が辿《たど》った。

「っあ、手、放し…」

黒々とした志狼の陰毛は、腺液で湿りその癖を強くしている。重たげな陰嚢とそこからそそり立つペニスを改めて視界に収め、塔野がぶるっと痩軀をふるわせた。

「もう少し頑張ってくれないか。折角君が、ここまで大きくしてくれたんだ」

裏筋は、塔野にとっても敏感な場所だ。自分より皮膚のやわらかな人差し指を導いて段差をいじると、膨れきった陰茎がびくびくと揺れる。

「ぁっ、も…、十分じゃ、ないですか…っ、これ、全然、不全じゃ…」

「これだけ硬ければ、君とちゃんとセックスできそうか?」

平然と尋ね、きれいな掌に陰茎を握らせた。一巻きにしきれない太さと、ずっしりとした重量感に塔野の喉が鳴る。

「っ、そん、な…、しま、せ…」

しませんと、訴えたかったのか。首を横に振ろうとする塔野の股間へ、志狼はソファにかけたまま腕を伸ばした。

「ひァ…っ」

「君も勃起してるじゃないか」

今初めて気づいたと言いたげに、驚きを込めて瞬いてやる。

無論、そんなもの塔野を追い詰めるためのささやかな意地悪でしかない。自分の体の変化を指摘され、塔野の首筋がかあっと血の色を上らせた。

「あっ、駄目、触っちゃ…っ」

悲愴な声に、首筋の毛が心地好く逆立つ。床に転げ落ちたとしても、志狼を突き飛ばして逃げたかったはずだ。だが興奮に蝕《むしば》まれた体は、塔野の意志すら容易に裏切る。快楽が強い刺激となって脳を刺すほど、手足は重く溶けるのだろう。辛うじて膝で体を支える塔野の腰から、下着ごと着衣をずり下げた。

「や…」

膝まで使って、腿どころか足首からも邪魔な布地を抜いてやる。ついでに革靴まで奪えば、剝き出しになった下腹でぬれた性器がぷるんと揺れた。

「どうしてだ。こんなに大きくなってしまっているのが恥ずかしいのか？」

邪魔なシャツの裾を払って、覗き込む。

「っ、や、見る、な…」

志狼の陰茎をいじっただけで、興奮してくれたのだ。ぴんと反り返った塔野の性器は、その先端を甘く潤ませている。

「恥ずかしがることはない。君は若くて健康で、その上敏感だからな」

含み笑えば、一層羞恥《しゅうち》を掻き立てられたのだろう。きれいな肉色に充血した先端が、ひくひくと虐めてほしそうに揺れた。

恥ずかしくて身悶える塔野を前にすれば、大丈夫だとあやしてやりたくなる。だが身を焦がすほどの羞恥こそが、彼を甘くとろかすこともよく知っていた。その証拠に、露出させたペニスは萎えもせず気持ちよさそうにふるえている。美味そうな色を晒す先端に、べろ、と志狼は大きく舌なめずりをした。

「君の場合、性的興奮や快感を得ても勃起しない場合があるが、それはEDとは全く無関係だ。精液を出さず、ドライで気持ちよくなれる体だというだけだからな」

分かりきったことを、薄い胸元へと吹きつけてやる。

塔野の男性器は、移行期をほぼ終えた今も以前と変わらずそこにあった。厳密には陰嚢も含め、わずかだがちいさくなってはいる。それでも性的興奮を感じれば健気《けなげ》に勃起するし、上手《うま》く刺激してやれば射精もできた。

「っ、ぁえ…」

すっかり力の抜けた塔野の体を、腕を摑んでごろりと転がす。掬《すく》い上げた体をソファへと座らせると、入れ替わる形で志狼が床へと降りた。

「力を抜いていなさい」

状況を吞み込めない塔野の膝を、左右に開く。広げた足の間に体を割り込ませれば、塔野がぎょっと後退った。だが、背後にあるのは背凭れだけだ。逃げ場のない体の前で、志狼が深く膝を折る。

「先…、なにを」

跪《ひざまず》く、姿勢だ。床へと右膝を突いた志狼に、塔野が戸惑いの声を上げる。

「メスイキも随分板についてきたが、ペニスで気持ちよくなるのも好きだろう?」

ふ、と声と息とを吹きかけた先は、充血した男性器だ。潤んでふるえる先端をべろんと舐めると、切迫した悲鳴が上がる。

「やっ、待、それ…っ」

逃げようとする腰を追いかけて、大きく口を開いた。

食事をする、動物みたいだ。ソファに座って見下ろしてくる塔野には、当然全てが見えている。視覚的にも楽しませてやるため、視線を合わせたままぱくりと亀頭を咥えた。

「あっァ、ひ…」

飴玉を転がす動きで、舌を使う。あるいは氷菓子を溶かす動きか。

たっぷりと唾液を含ませた舌で先端の形を確かめると、白い尻《しり》が浮き上がった。

「嫌いだったか？　これは」

ちゅぱ、と音を立てて、一度口から亀頭を離す。声も上げられない塔野を見上げ、すりすりと剝き出しの腿をさすった。

舌を吸う、キスを与える際と同じだ。一番敏感な場所だけをいじるのもいいが、同時に腿や尻、腰の裏側をいじってやると抱いた体は簡単にとろける。そうでなくても、塔野は亀頭への刺激に弱いのだ。包皮を引き下ろしながらきれいな肉色をした先端にキスするだけで、顎を上げて仰け反った。

「やっ、舌…」

「自分でオナニーする時は、触ってこなかったんだったな」

敏感すぎて、直接触るには刺激が強すぎたらしい。今でも触られるのが怖いと、授業中に告白させたことがある。ふむ、と唸り、志狼は雁首へと宥《なだ》めるためのキスを贈った。

「自分で触るより、他人の手だと動きが予測できない分刺激を強く感じるかもな」

「…ぁ、だか、ら…」

亀頭に限らず、他人に触れられるという緊張感はそれだけで人を過敏にさせる。頷いた志狼の唇が、性器から離れてくれることを期待したのか。ぬれた目を瞬かせた塔野に、志狼は形のよい唇をにたりと歪めた。

「力加減も相手任せだと、怖いものだ。だが、だからこそ自分で触るよりずっと気持ちがいいだろう？」

「っあぁ…！　やァ…、駄目、口」

笑った形のまま、見せつける動きで口を開く。にゅる、と舌を巻きつけて性器を含むと、靴下に包まれた爪先《つまさき》がばたついた。

「ひっ、ぁあ、強…」

肉厚な舌を使って、べろりと亀頭を包む。ぬるぬると前後に動かしながら、尖らせた舌先で尿道口を縦に掻いた。ぐりぐりと舌先を押し込むと、じっとしていられないらしい。どっと腺液があふれ、ソファに落ちる体が大きく跳ねた。

「いっぱい垂れてきたな」

ぷは、と露骨な息をこぼし、射精したそうな性器からもう一度口を離す。いくら敏感でも、亀頭だけを虐められて射精に至るのは難しいのだろう。直接射精に繋《つな》がる快感を欲しがって、塔野が離れた唇を追いかけぎこちなく尻を揺すった。当人は、苦しさに身悶えているだけのつもりかもしれない。いじらしくもいやらしい仕種《しぐさ》に眼を細め、悶える尻を引き上げた。

「ああっ」

胸につくほど深く膝を折れば、剝き出しの性器ごと尻の穴が上を向いてしまう。床から身を乗り出し、大きく開いた尻の間へと鼻先を寄せた。

「や、ァ、見ない、で…っ」

「どうしてだ。こんなに可愛いのに」

すん、と匂いを確かめるよう鼻を鳴らせば、泣き声じみた悲鳴がこぼれる。だがやはり、目の前で反り返るペニスは萎えたりしない。たらたらと垂れた腺液が陰嚢を伝い、その下で皺《しわ》を寄せる尻穴をぬらしていた。

「今日は随分やわらかそうだな」

腺液でてらつく穴は、慎ましく口を閉じている。

だがもうそこは、単純に肛門とは呼びがたい。排泄のための機能は存在するが、同時に生殖器でもあるのだ。

総排泄孔と呼ぶのが、正しいのか。女性器のような襞《ひだ》はない。だがわずかに縦に割れた形はその奥にあるやわらかさを想像させ、喉が鳴るほどいやらしかった。まじまじと視線を注ぎながら、誘われるまま皺を寄せる穴の中心を舌で突く。

「ひっあ、あ…」

見られることで、余計に感じるのだろう。ぬちゅ、と割り込んだ舌の厚みに、跳ねた性器からあたたかな腺液が飛んだ。顔を汚されても構わず、硬く尖らせた舌でぐぷ、と深く穴を割る。

「駄目っ、ぁ、だめ、だから…っ」

「昼間に、鷹臣とでもセックスしたのか？ 縁が腫れてしまってるから、遊馬の奴か。授業課題でもなかったはずなのに、学校でセックスするとは随分勉強熱心な生徒だな」

穴のやわらかさを揶揄《やゆ》してやれば、塔野の肌がかわいそうなほど羞恥に染まった。泣き出しそうに歪んだ目の縁までもが、美味そうに色づいている。今日の昼間かどうかはともかく、実際昨日の放課後あたりには弟たちのどちらかに、あるいは両方に可愛がられたのだろう。ふっくらと腫れが残る尻の穴を、志狼は尖らせた舌で軽く弾いた。

「っあ、や、違…」

「違わないだろ。いやらしい子だ」

勿論《もちろん》、塔野が望んで性交に及んだとは思わない。だが甘い声で鞭打てば、舌を遊ばせる穴がきゅっと締まった。その健気さに喉を鳴らし、ひたひたにぬれた穴へと中指を押し当てる。

「弟たちはいずれも勃起機能に問題はないはずだが、ちゃんと君を満足させられたか？」

返答など、期待してはいない。舌に代わり、ぬぶりと太い指を使って穴を開いた。

「んん、ぁ、や…っ」

指を迎え入れた肉は、たまらなく熱い。弾力のある括約筋の締めつけは強烈だが、その奥はとろりと甘くぬれている。ぞくぞくと、発汗を誘う興奮が背筋を舐めた。

「すごいな。肘まで垂れてきそうだ」

言葉の通り、ローションを注いでやる必要はなさそうだ。

移行期をほぼ終えた塔野の穴は、女性器と同様かそれ以上によくぬれた。性器の挿入を助けると共に、性交時膣内を清潔に保つ役割を果たしているのだろう。それが塔野にとって、喜ばしい機能か否かは別の話だ。

人差し指までも押し込んで、二本の指でぐにゅりと深く穴を抉る。

「ひっあッ、待って、待、あ…」

「待たれて困るのは、君の方だと思うが」

息だけで笑って、もう一度大きく口を開いた。充血して揺れる亀頭を口腔に招いた途端、ぎゅうっと尻の穴が締まる。陰茎を呑み込み、歓迎する動きそのままだ。ぞわりと背中が痺れるのを感じながら、口腔で跳ねる亀頭を吸った。

「ッあ、先、…ひァ」

逃げ場を求める指が、股座に埋まる志狼の髪を摑む。引き剝がそうとしたのだろうが、それは現状を再認識する行為に他ならなかったらしい。

教師である志狼が床に跪き、ソファに座る自分の股座へと精悍な容貌を埋めている。塔野の腺液で顔を汚し、大きく口を開いてペニスに奉仕しているのだ。塔野にとって、それは凡《およ》そ現実の出来事とは思えないのだろう。半開きになった唇から、泣き声と涎とがとろりと垂れた。

「あ、っぁや、あー…」

ひっきりなしにもれる泣き声を聞きながら、亀頭の丸みをねろねろと舌で味わう。今度は唇を放して焦らしたりせず、口腔に含んで刺激した。そうしながら尻穴に入れた指を曲げてやれば、ふっくらと腫れた器官が指に引っかかる。

「ッあぁ、だめ、そこ…っ」

やめて、と続こうとしただろう声に応え、捉えた膨らみをぐぅっと圧した。

「ひァ、あぁ…」

混乱しきった声が、耳に心地好い。

男性器と同様に、塔野は男としての機能をほぼその体に残していた。前立腺も、その一つだ。腸壁越しに捉えたちいさな器官を掻き出す動きで引っ掻くと、薄い下腹が性感にへこむ。揃《そろ》えた指で左右から挟み、こねこねと揉まれるとたまらないらしい。口のなかの性器が腺液をこぼし、爪先が苦しげに丸まった。

「はっ、あぁあ」

「こら。今日はオスイキで気持ちよくなるんじゃなかったのか？」

前立腺への刺激に没頭しようとする体を、低い声で窘《たしな》める。

ぐち、と尿道口を舌で抉るが、志狼の声が耳に届いているかは怪しいところだ。だらしなく口を開いた塔野は、苦しげな表情とは裏腹にその目はとろんととろけきっている。

清潔な優等生が、台なしだ。

可愛くて、いやらしくてたまらない。唇からこぼれた舌を吸う代わりに、同じ肉色を晒す性器を舌で転がす。そうしながら尻のなかで指をくねらせて、捉えた器官をこりこりと前後に捏《こ》ねた。焦る必要はない。その奥にある精嚢《せいのう》までを気紛れに叩いてやるたび、執拗《しつよう》な刺激に薄い腰が迫《せ》り上がった。

「んんあ、あ、や…、イク…」

はぁっ、はぁっ、と吐き出される息遣いは、悲鳴と大差ない。実際、気持ちがよすぎて苦しいのだろう。射精したいと、そう声に出せたことに満足し、ぐぽっと深くペニスを含んだ。

「ひっあァっ、あ…」

亀頭だけを虐めていた動きから一転し、下唇と舌を使って裏筋をきつく扱く。射精に直結する刺激に、ペニスがもっと奥までもぐりたそうに跳ねた。淡い陰毛に鼻先が埋まるほど深々と喉に収め、ぢゅうっと音を立てて吸い上げてやる。

「待っ、あ、だめ、ぁっ」

大きく頭を上下させ、同時に指で捉えた前立腺をごりごりと押し潰した。ペニスの内側と外側、両方から挟み打ちにされる刺激の強さに、痩躯が声も上げられずのたうつ。

「っん、ぁあー…」

待つまでもなくあふれた精液を、迷うことなく口腔で受けた。ごく、と喉を鳴らす音にすら追い詰められるのか、塔野が鼻にかかった泣き声をもらす。手をゆるめることなく裏筋を舐めて、尿道に残る精液までも吸い上げた。

ぴちょ、と妙に可愛い舌音が鳴り、塔野の匂いが鼻腔《びくう》から抜ける。いやらしい匂いだ。べろ、と唇を汚す腺液を舐め取れば、茫然と瞬く双眸が志狼を映した。

「…っあ、ぅ」

息も絶え絶えな塔野は、もう目を閉じる力もないらしい。たった今まで自分の男性器を、そして精液を味わっていた志狼の唇をぬれた視線が為す術もなく見下ろした。

「私の舌は、気持ちよかったか？」

上唇を舐めながら、立ち上がる。肘かけに両手を置いて見下ろせば、塔野の唇の奥で赤い舌がふるえた。

怯えながらも、欲しがる顔だ。

すっかりとろけきったその素直さに、喉が鳴る。例えがたい充足が背筋を包んで、志狼は塔野からよく見えるよう唇を開いてやった。

「いい子だ。そんなに気に入ったなら、舌を出しなさい」

誘惑に、ぶるっと見下ろす肩がふるえる。期待にぬれる目を覗き込み、器用な舌を差し出した。

「ペニスにしてやったように、君の舌もフェラチオしてやる」

「っ…、あ」

軽く、達してしまったのかもしれない。びくん、と引きつった塔野の口腔に息を吹きかけ、大きく体を折って口づけた。

「んぁうっ、あぁ…」

伸ばした舌を、深く差し込む。陰茎で押し入るのと、同じだ。んぐ、と濁った喉音をもらす喉が、苦しみながらも舌を迎え入れる。元より、ゆるみきった歯列に志狼を拒む力などない。ちゅうっと不器用に吸いついてくる塔野の舌の甘さに、後頭部が痺れた。

「塔野」

低く呼べば、ふるえる舌が一層熱心に志狼の舌に吸いつく。肉厚のそれには、塔野自身の精液の味が滲むはずだ。そのえぐ味にすら煽られるのか、抱えた体がふぅ、ふっ、と懸命な息を鼻からこぼす。

ねっとりと舌を絡ませたまま、志狼は悶える痩躯を引き上げた。

「うぁ、んあ、ぐ…」

飴玉のように舌を舐めながら、縺《もつ》れるように座面に乗り上げる。再びソファへと腰を下ろした時には、痩せた体は向かい合う形で膝の上にあった。大きく開いた足で腿を跨《また》がせ、唾液が伝うのも構わず音を立てて舌を扱く。

「っ、あ、先…」

剝き出しの尻臀《たぶ》を両手で摑んで、ぬれた割れ目を縦に撫でた。びくん、と腰がしなったのは指の動きのせいばかりではない。押しつけた陰茎の熱さに、塔野が我に返ったように睫を上下させる。

「あ、嘘…」

尻を引き上げられ、白い手が体を支えようと志狼の腹へと落ちた。その指に、ざり、と陰毛がこすれる。

そこからそそり立つ陰茎は、先程以上に逞しく反り返っていた。

「嘘だと思うか？」

むっちりと膨れた先端を、ぬかるむ穴に擦りつける。狙いを定める動きで腰を揺らし、ぐ、と腹筋を使って突き上げた。

「ひッああ…」

「お前にしか、勃たねえんだ」

括約筋を割り開く抵抗感に、鳥肌が立つ。全身の血が陰茎に集まる心地がして、首筋から汗が噴き出した。

鼻先で上がる、悲鳴すらも愛おしい。

サディストと、鷹臣に罵られるのも致し方ないことか。度がすぎた快楽は、苦痛になり得る。この瞬間塔野が味わう快感も、泣きじゃくらずにはおられない責め苦に等しいはずだ。

分かっていても、紅潮する塔野から眼を逸らせない。だらしなく涎を垂らし、快感にのたうちながら腺液をこぼし続ける彼はなによりも魅力的だ。

この手でそっと包み込んで、追い詰めて、頭の先から爪先まで溶けるまで舐め回してやりたい。

腹を焼く欲求そのままに、抱えた痩躯を突き上げる。ごちゅ、と奥を叩く手応えに、声にならない悲鳴が上がった。

「っ…、ひ、ァ」

「どうした。やっぱりナカでイったのか」

ぶるぶるとふるえる塔野の陰茎は、志狼の腹に押し当てられたまま射精した気配はない。それでも熱い飛沫《しぶき》が腹をぬらし、陰茎を呑む穴がぎゅうっと締まった。握り取られるような心地好さに、大きく息を吐いて腰を回す。

「っは、っゃァ、待…」

どっと脳天にまで浸みた気持ちのよさを、爪先を丸めて味わいつくそうとしていたのか。ぴくぴくと引きつる体を休ませることなく揺すってやれば、塔野が首を振る。憐憫《れんびん》と同じだけの興奮に鳥肌が立って、べちん、と音が鳴るほど強く突き上げた。

「あっ、深、ぃ…」

立て続けにあふれた飛沫が、志狼の下腹を汚す。

ぬれやすい体は、外側も内側もたまらなく敏感だ。張り出した雁首が前立腺を捏ねるたび、薄い背がくねる。弱い場所を繰り返し掻いてやれば、ぐぽぐぽと空気を潰す音が耳に届いた。それにすら、感じるのか。たっぷりと刺激された前立腺は、そうでなくてもあふれそうなほど気持ちのよさを蓄えているのだろう。ごり、と深い場所を押し潰す動きを加えると、薄い胸元にまで涎が伝った。

「塔野」

汗と唾液でぬれる乳首を、べろりと舐める。皺を寄せる乳輪ごときつく吸うと、陰茎を呑んだ下腹が大きくうねった。

「っあァ、引っ張、ちゃ」

「奥まで締まるな」

結腸近くまで突き立てたペニスを、ぬれた肉がぎゅうぎゅうと締めつける。射精、してしまいそうだ。もっと味わいたくて腰を回すと、塔野の背後で黒い影が動いた。

「なに汚ねえもん突っ込んでんだ、糞《くそ》教師」

低すぎる声に、膝の上の痩軀がぎくっ、と跳ねる。

悲鳴すら、上がらない。咄嗟には振り返ることもできなかった塔野を、志狼は構わず突き上げた。

悲鳴を上げた塔野の頭上に、黒々とした影が落ちる。

鷹臣だ。

剣呑《けんのん》な双眸を瞬かせ弟が、志狼とそれに串刺しにされた塔野を見下ろしていた。

「ひッ、あ、先…」

「っ、な、軍…」

性感にとろけきった頭に、冷水を浴びせられたも同然だろう。見開かれた塔野の双眸に、驚きとそれに勝る衝撃とが過《よぎ》る。だが同時に、汗ばんだ肌が一層美味そうに上気した。

「軍、ぁ、これ…」

一刻も早く塔野の元へ戻ろうと、鷹臣は真《ま》っ直《す》ぐ帰寮したに違いない。制服のネクタイを外しただけの弟は、まだ夜の空気を上着の裾に纏わせたままだ。そんな男の手が、ぱん、とぬれた音を立てる。

「ひァっ」

「電話で俺の飯がどうのと言ってたくせに、なにうっかり自分が食われてんだ」

揺すぶられる塔野の尻を、厳つい手が張ったのだ。音は派手だが、痛みはほとんどなかったのだろう。繋がった体越しに感じる衝撃よりも、きゅっ、と締まった穴の心地好さに息がもれた。

「食べられてるのは、私の方だと思うがな」

「おっさん臭ぇこと言ってんじゃねえぞ」

男っぽい唇の形も、そこから吐き捨てられる声までも自分と鷹臣はよく似ている。兄弟だと告げれば、首を捻《ひね》る者はまずいない。意志の強さを示す眉の形も、彫りの深い目元も、造形そのものに大きな差はないのだ。ただ色合いを異にする暗緑色の双眸が、剣呑な光を帯びて志狼を睨《ね》めつけた。

「あ…、手、放し…」

刃物のような視線に突き刺され、塔野がソファから降りようともがく。手を貸してやる代わりに、志狼は白い尻臀をきつく摑んだ。

「え、あ…っ」

張り詰めた塔野の尻は、女性のような厚みこそないがしっとりと心地好い。むに、と指を食い込ませて左右に引くと、自分の陰茎を呑む穴が横に歪んだ。

「ひゃ、っあ、先生、な…っ」

「こら、暴れるんじゃない塔野君。若造は、我慢が足りないからな。君にはもう少し、ここでつき合ってもらおうか」

「さっさとテメェが退《ど》けば問題ねえんだぜ」

吐き捨てた鷹臣が、皺をなくした穴へぬぶ、と指を押し入れる。なにを。無造作なその力に、ひぁっ、と塔野が高い声を上げた。

「待…、なっ、軍司、や」

状況を呑み込めず首を捻ろうとする塔野の背後で、がちゃがちゃと金属がぶつかる音が鳴る。鷹臣が、ベルトを外す音だ。

全く、我慢の利《き》かない弟め。いや、決断の早さこそを称賛すべきか。塔野を奪って巣穴に引っ込むより、今この場で自らの所有を主張したい気持ちはよく分かる。手早く着衣をくつろげた鷹臣が、一欠片の躊躇もなく己の陰茎を摑み出した。

「俺の精子を着床させてやるにしても、まずはこいつの汚ぇ精液を搔き出しておかねぇとな」

背後から耳元へと吹き込まれた声の低さに、塔野がふるえる。

凄味を帯びた弟の低音は、決してふざけてなどいない。大型の獣がそうするように、がっしりと逞しい鷹臣の体軀が塔野へと伸しかかった。

「やめ、無、理っ、やァ、軍…」

泣き喚《わめ》き、暴れようとする痩軀を、ずん、と下から突き上げる。背後の鷹臣に気を取られかけていた塔野が、ひぁ、と無防備な声を上げた。悶える体を摑んで互いの腰の位置を引き下げれば、繫がった場所を鷹臣が覗き込んだ。

いくらゆったりしたソファとはいえ、大柄な兄弟二人が乗り上げれば狭い。そんな場所で鷹臣の腰までを押しつけられ、塔野が挟まれた体の間でのたうった。

「嫌ァ、だめ…」

「嘘はいけないな、塔野君」

「全くだ。こっちはぱくぱく動いちまってるぜ」

露骨な言葉と共に、ばちん、と鷹臣の手がもう一度塔野の尻を張る。言葉で責められることにも、尻を張られることにも感じるらしい。ぶるぶるっと爪先を丸まらせ、塔野が唇の端から悲鳴と涎とをこぼした。

「おい、まさかまたイったのか？　学習の成果とはいえ、学生の君が尻を叩かれただけでイケるというのは、卑猥すぎていささか心配になるな」

「ぁ、違…っ」

さも驚いたように、鼻先で苦笑してやる。もうまともな反論も言葉にできず、それでも真っ赤になった塔野がいやいやと首を振った。

「尻以外を叩かれるのも、大好きだよな？」

耳の裏を舐めた鷹臣が、ずっぷりと志狼のペニスに拡《ひろ》げられた穴へと陰茎を押し当てる。強くなった圧迫に腰を引くと、わずかに生まれた隙間へと弟のペニスが食い込んだ。

「ああっ、ひ」

前のめりに逃げようとした痩軀から、ぐにゃりと力が抜ける。物理的にも刺激の面でも、許容量を超えた肉体が本能的に弛緩を選ぶのか。一瞬の手応えを見逃さず、ぐぽ、と太い陰茎が肉の色を晒す穴にもぐった。

「ここの奥を叩かれるのも、大好きだろ？」

鷹臣の手が、そろりと腰の裏を撫でる。子宮の、真上だ。たまらない様子で、塔野が顎を突き出した。吸いつくような塔野の穴は、そうでなくてもよく締まる。常以上の圧迫感でぎゅうぎゅうと刺激され、腰が溶け落ちそうな快感に呻きがもれた。同じ圧迫に喉を鳴らし、ごりり、と鷹臣が深く進む。

「ッひァ、っ、だめ…」

大きく腰を使って、好き勝手に動くほどの余地はない。だが圧倒的な締めつけと、慎重さを求められる緊張感とに興奮が増した。塔野にとって、付随する恐怖は更に切実だろう。はっ、はぁっ、ともれる高い息と鼓動を真近に味わいながら、下からゆるく腰を回した。

「ァ、動か…」

「動かねえと、お前の大好きな場所をうんと虐めてやれねえだろ」

笑った鷹臣が、背後からごりごりと直腸を掻き回した。二本の肉がみっちりと穴を拡げ、違う角度から前立腺どころか精嚢の奥までを押し潰す。ぶつかり、圧された亀頭が思わぬ角度からいい場所を抉るのか。ごちゅ、と奥を叩かれ、塔野の性器がなまあたたかいしずくを飛ばした。

「やァ、あ、や…」

「安心しなさい、塔野君。君を壊したりしない」

今は、まだ。

与えた言葉にも、呑み込んだ言葉にも嘘はない。

泣きじゃくる唇に舌を伸ばせば、奥を突く鷹臣が塔野の首筋に歯を立てた。ぬれきった悲鳴が、甘く舌を溶かす。唾液ごとそれを飲み下し、子宮に届くほど深く突き上げた。

清潔な朝の日差しが、白い肌を照らす。

「あ」

声が、聞こえたわけではない。

だが驚きのまま、塔野の唇が開くのが分かった。生徒たちが行き交う、朝礼前の廊下だ。真新しい陽光の下に立ち、志狼は自らの唇が綻ぶのを感じた。

「おはよう、塔野君」

教師らしく泰然と、声をかける。

機嫌のよい声だと、そう思う者もいるかもしれない。事実、気分はよかった。昨夜《ゆうべ》、自分がどうやって眼の前の肉体を堪能したのか。舌先に蘇《よみがえ》るものと同じ記憶が、塔野にも思い出されているのだろう。ふるえた睫とは対照的に、白い首筋に血の色が上るのがありありと見て取れた。

「お、おはよう、ございます…」

挨拶を投げられれば、それを無視できるほど彼は不躾ではない。細く返した塔野に、口元の笑みが深くなる。

「少し顔色が悪いようだな。登校して大丈夫だったのか?」

軽く背中を屈め、品のよい容貌を覗き込んだ。

教室へと向かう生徒たちが、ちらちらとこちらに視線を投げてくる。視線を惹きつけられるのは、志狼も同じだ。

拭いきれない疲労のせいだろうか。ただでさえ色の薄い塔野の容貌は、朝の光のなかで青白くすら見えた。痛々しく映ると同時に、泣き腫らした目元には美味そうな艶がある。うっすらと浮いた隈にさえ、あらぬ想像を掻き立てられた。言ってしまえば、荒淫に晒されやつれた彼はどうしようもなくエロいのだ。

生徒たちの視線に苛まれながら、塔野が薄い唇を噛み締める。

昨夜彼が自室へと引っ込んだのは、さほど遅い時間ではない。志狼たちに散々尻の穴を掻き回され、塔野はぐったりとソファに落ちた。そのまま鷹臣に抱えられ帰り着いた寝台で、安らかに眠らせてもらえたとは思えない。自分以外の雄の匂いが残る塔野を前に、鷹臣の腹があれしきで満ちるわけがないのだ。

自室に戻る弟を、志狼は追おうとは思わなかった。お互いの肚《はら》の内が透けて見える程度には、親《ちか》しい間柄なのだ。

にた、と笑ってしまいそうな唇を諫《いさ》め、塔野へと手を伸ばす。頬骨を撫でようとしたその手を、塔野が飛び退く前に横から伸びた腕が打ち払った。

「朝っぱらからサカってんじゃねえぞ。仕事に戻れＥＤ教師」

乱暴な力も声も、よく知ったものだ。自分に似た双眸をぎらつかせ、厳つい弟の巨軀が眼の前へと割り込んだ。

「エロくて大好きな先生の略だったかな、塔野君」

「っ違…」

「どう考えても、えげつねーちんぽぶら下げた駄目な大人の略だろうがテメエの場合」

辟易ともらした鷹臣が、逞しい腕で塔野を一巻きにする。

盗み見てくる生徒たちの幾人かが、声もなく息を呑んだ。

ここが共学だったら、勇気のある女子生徒が黄色い声を飛ばしたのではないか。構わず、隆々とした鷹臣の体軀が塔野を自らの胸元へと引き寄せた。

腹の下に宝物をしまう、四つ足の生き物と同じだ。すん、と首筋の匂いを嗅いだ鷹臣は、塔野に比べると呆れるほど肌艶がいい。それは、志狼自身も同じだろう。満腹し、気力を漲《みなぎ》らせる体軀を、どん、と鷹臣が軽く塔野にぶつけた。

「おい、軍…」

「行くぞ」

咎めようとした塔野を、弟が低く促す。続こうとした小言には、耳も貸さない。塔野の腰を抱いた鷹臣が、迷いのない足取りで廊下を進む。

おいおい、どんな亭主関白ぶりなのか。肩を竦《すく》めたくなるが、傲慢な力強さは若い獣が持つ特権だ。自分自身が、通ってきた道でもある。短い笑いがもれそうになったその時、澄んだ声が志狼を呼んだ。

「先生」

弟の腕を振り解いたのか。踵《きびす》を返した塔野が、志狼の前へと駆け戻った。

「…先生は先生で、軍司とは違う方向性で分かりづらい人ですけど、病気だって嘘をつくのは、やっぱりよくないと思います」

出し抜けに与えられた言葉に、瞬くしかない。

それは、昨日口にしたEDを指す話か。

「塔野君、君は嘘だと言うが…」

「でも、健康だって油断して、ご自分を大事にしないのも、同じくらい駄目です」

きっぱりと告げた塔野が、制服のポケットを探る。差し出された右手を、志狼は信じられないものを見る眼で見下ろした。

「…先生、このところ時々咳をされてたでしょう？　ＥＤかどうかはともかく、風邪じゃないって油断しすぎずちゃんと治して下さい」

厳つい掌へと落とされたのは、ちいさな飴だ。

赤い包装紙にくるまれた塊《かたまり》が三つ、掌へと載る。まじまじと見下ろせば、失礼します、と頭を下げた塔野が今度こそ踵を返した。

立ち止まった鷹臣の双眸が、こちらを見ている。そこに混ざる忌々しさが、志狼一人に向けられたものでないことは明白だ。虚を突かれて立つ志狼自身にとっても、代わりない。

言われてみればこの数日、確かに自分は幾度か咳いていた。特別体調が悪かったわけでも、風邪と呼べるほどのものでもない。だが塔野の目は、わずかな兆候も取りこぼさずにいたのか。

薄い背中を見送る喉の奥で、ちいさな息が爆《は》ぜる。

咳ではない。笑い出したいような衝動に、肩が揺れた。

聡明な塔野は洞察力に優れ、そしてやさしい。誰に対しても、甘い飴と魅力を振りまく。どうしようもないほどに。

嘘と真実が入り交じるこの世界で、彼はいつでも正しいものを拾い上げた。それが常にうつくしいとは限らないのが、この世の唾棄すべき点だ。志狼が差し出す真実も、例外ではない。

失恋したら、アダムは死ぬ。

それは真実だ。

心臓の半分によってもたらされた幸福が甘美であればあるほど、喪失は胸の中心を虚《うつ》ろにくり抜く。

強靭すぎる心臓が鼓動を刻み続けたとしても、その先にあるのは地獄だ。自分の亡骸《なきがら》を引き摺って歩む日々のなかでは、極彩色に輝く嘘ですら慰めにはならない。

この身を温め、寂寞を慰める輝きは一つだけ。

塔野。ただそれこそが、志狼にとっての真実だ。

現在は無論、過去や未来においてさえ。

笑みの形をした唇へ、与えられた飴を放《ほう》り込む。心臓が痛むほどの甘さに、勃起してしまいそうだ。

あとがき

この度は『アダムの求婚 イヴの煩悶』をお手に取って下さいましてありがとうございました。

お婿さん候補（×３人）と繁殖実習させられることになった受君の、二冊目の新書を作って頂くことができました。今回はお婿さん候補（×３人）から怒濤の求婚攻撃を受けつつ、繁殖実習に励む一冊となりました。ここに至る詳しい経緯や、これまでの授業内容は一冊目の新書『アダムの献身 イヴの恍惚』をご覧頂けますと大変嬉しいです（広告）。今回同様、香坂《こうさか》様に素敵な挿絵やお婿さん候補（×３人）が活躍（主に性的な方面で）する四コマなどを頂戴しておりますので、是非よろしくお願いいたします。

今回も豪華な表紙に挿絵、そして四コマを描いて下さった香坂様。全てが三倍で超大変（笑）な四コマが、かわいそうでかわいかったです。ご馳走様でした！

目が回るほど大忙しななか、ありとあらゆる無茶を聞いて下さったなお様、みか様。お二人のお蔭で、なんとか形にして頂けそうです。本当にありがとうございました。

そして毎回奈落の底へ突き落とす勢いでご迷惑をおかけしっぱなしのＴ様。今回も本当

あとがき

に申し訳ありませんでした。そしてありがとうございました。「一冊の本を送り出すこと」に、こまやかにお心を砕いて下さるT様とご一緒させて頂けて、本当に嬉しかったです。

最後になりましたが、この本をお手に取って下さいました皆様に心からお礼申し上げます。複数モノ初心者だった私が、一年に二冊も複数モノの新書を作って頂けるこの幸せ。振り返れば、今回はほぼ複数でしか致していない本となりました。先生や年下君のお話も書かせて頂くことができ、嬉しかったです。

一人でも十分重い愛情の持ち主である攻たち（×3人）に、容赦なく求愛&妊活される受君の今後など、また書かせて頂く機会を頂戴できましたらこれ以上嬉しいことはありません。是非応援してやって下さい。ご感想などお聞かせ頂けましたら飛び上がって喜びます。またどこかでお目にかかれる機会がありますように。最後までおつき合い下さいましてありがとうございました。

篠崎《しのざき》一夜《ひとよ》

香坂さんと共同で、活動状況をお知らせするサイトを制作頂いています。よろしければお立ち寄り下さい。http://sadistic-mode.or.tv/（サディスティック・モード・ウェブ）

アダムの性欲 イヴの交渉

Adam's courtship and Eve's agony

Illustration by Tohru Kousaka

香坂 透

アダムの性欲 イヴの戦慄

Adam's courtship and Eve's agony

Illustration by Tohru Kousaka

香坂 透

初出

アダムの求婚 イヴの煩悶	2018年 リンクス9月号、11月号掲載を加筆修正
アダムの予習 イヴの復習	書き下ろし
アダムの赤心 イヴの炯眼	書き下ろし

悪い奴ほどよく眠る《わるいやつほどよくねむる》

篠崎一夜
イラスト：香坂透

本体価格970円+税

繊細な美貌を持つ高遠奏音は、十六歳の冬に事故に遭い、意識を取り戻さないまま、九年間眠り続けていた。奇跡的に目覚めた時には、奏音の知る世界は姿を変えてしまっていた。家も身寄りもなくしたなか、唯一そばにいてくれたのは、高校時代の親友であり今は医者となった東堂神威。かつての面影以上に、逞しい肉体と端正な容貌の持ち主となっていた姿に戸惑いながらも、奏音は彼に請われ東堂の元で暮らすことになる。だがその夜、自由にならない肢体を隅々まで暴かれたことに驚愕した奏音は、東堂から「すべてを俺に世話されることに慣れろ」と肉欲を伴う愛を囁かれ──。

リンクスロマンス大好評発売中

悪い奴ほどよく喋る《わるいやつほどよくしゃべる》

篠崎一夜
イラスト：香坂透

本体価格 930 円+税

俺の最優先事項は、お前と繋がることだ──。奇跡的に目を覚ました高遠の目下の悩みは晴れて恋人同士となった東堂神威の過剰なまでの愛情表現にあった。端整な容貌と医師としての名声を兼ね揃えた東堂は逞しく、高遠はいまだその全てを受け入れ、繋がることができずにいたのだ。時と場所を選ぶことなく愛を囁き、誂えたようにぴったりと、俺に馴染む体に作り替えてやる、と卑猥な玩具までを使って自分を拓こうとする東堂に羞恥と戸惑いを覚える高遠だが獰猛な魅力を持つ恋人に、身体は次第に慣らされていき…。

LYNX ROMANCE

小説原稿募集

リンクスロマンスではオリジナル作品の原稿を随時募集いたします。

募集作品

リンクスロマンスの読者を対象にした商業誌未発表のオリジナル作品。
（商業誌未発表のオリジナル作品であれば、同人誌・サイト発表作も受付可）

募集要項

＜応募資格＞

年齢・性別・プロ・アマ問いません。

＜原稿枚数＞

４５文字×１７行（１枚）の縦書き原稿、２００枚以上２４０枚以内。
※印刷形式は自由。ただしＡ４用紙を使用のこと。
※手書き、感熱紙不可。
※原稿には必ずノンブル（通し番号）を入れてください。

＜応募上の注意＞

◆原稿の１枚目には、作品のタイトル、ペンネーム、住所、氏名、年齢、電話番号、メールアドレス、投稿（掲載）歴を添付してください。
◆２枚目には、作品のあらすじ（４００字～８００字程度）を添付してください。
◆未完の作品（続きものなど）、他誌との二重投稿作品は受付不可です。
◆原稿は返却いたしませんので、必要な方はコピー等の控えをお取りください。
◆１作品につき、ひとつの封筒でご応募ください。

＜採用のお知らせ＞

◆採用の場合のみ、原稿到着後６カ月以内に編集部よりご連絡いたします。
◆優れた作品は、リンクスロマンスより発行させていただきます。
原稿料は、当社既定の印税でのお支払いになります。
◆選考に関するお電話やメールでのお問い合わせはご遠慮ください。

宛　先

〒151-0051
東京都渋谷区千駄ヶ谷４−９−７
株式会社　幻冬舎コミックス
「リンクスロマンス　小説原稿募集」係

LYNX ROMANCE

イラストレーター募集

リンクスロマンスでは、イラストレーターを随時募集いたします。

リンクスロマンスから任意の作品を選び、作品に合わせた
模写ではないオリジナルのイラスト（下記各1点以上）を描いてご応募ください。
モノクロイラストは、新書の挿絵箇所以外でも構いませんので、
好きなシーンを選んで描いてください。

1 表紙用 カラーイラスト

2 モノクロイラスト（人物全身・背景の入ったもの）

3 モノクロイラスト（人物アップ）

4 モノクロイラスト（キス・Hシーン）

募集要項

＜応募資格＞

年齢・性別・プロ・アマ問いません。

＜原稿のサイズおよび形式＞

◆Ａ４またはＢ４サイズの市販の原稿用紙を使用してください。
◆データ原稿の場合は、Photoshop（Ver.5.0 以降）形式でＣＤ－Ｒに保存し、
出力見本をつけてご応募ください。

＜応募上の注意＞

◆応募イラストの元としたリンクスロマンスのタイトル、
あなたの住所、氏名、ペンネーム、年齢、電話番号、メールアドレス、
投稿歴、受賞歴を記載した紙を添付してください（書式自由）。
◆作品返却を希望する場合は、応募封筒の表に「返却希望」と明記し、
返却希望先の住所・氏名を記入して
返送分の切手を貼った返信用封筒を同封してください。

＜採用のお知らせ＞

◆採用の場合のみ、６カ月以内に編集部よりご連絡いたします。
◆選考に関するお電話やメールでのお問い合わせはご遠慮ください。

宛先

〒151-0051 東京都渋谷区千駄ヶ谷 4－9－7
株式会社　幻冬舎コミックス
「リンクスロマンス　イラストレーター募集」係

この本を読んでの
ご意見・ご感想を
お寄せ下さい。

〒151-0051
東京都渋谷区千駄ヶ谷4-9-7
(株)幻冬舎コミックス　リンクス編集部
「篠崎《しのざき》一夜《ひとよ》先生」係／「香坂《こうさか》 透《とおる》先生」係

LYNX ROMANCE
リンクス ロマンス

アダムの求婚 イヴの煩悶《はんもん》

2018年11月30日　第1刷発行

著者……………篠崎《しのざき》一夜《ひとよ》
発行人…………石原正康
発行元…………株式会社　幻冬舎コミックス
〒151-0051　東京都渋谷区千駄ヶ谷4-9-7
TEL 03-5411-6431（編集）
発売元…………株式会社　幻冬舎
〒151-0051　東京都渋谷区千駄ヶ谷4-9-7
TEL 03-5411-6222（営業）
振替00120-8-767643
印刷・製本所…株式会社　光邦
検印廃止

ISBN978-4-344-84349-3 C0293
Printed in Japan

幻冬舎コミックスホームページ　http://www.gentosha-comics.net